U0127743

大爱中国

5·12最值得记忆的人及其背后的故事

戊子年夏 树军书

罗茜 编著

中国华侨出版社

图书在版编目（CIP）数据

大爱中国：5·12最值得记忆的人及其背后的故事/ 罗茜编著.
-北京：中国华侨出版社，2008.6

ISBN 978-7-80222-645-6

I. 大… II. 罗… III. 纪实文学-作品集-中国-当代
IV. I25

中国版本图书馆CIP数据核字（2008）第075448号

大爱中国——5·12最值得记忆的人及其背后的故事

出 版 人／方鸣
编　　著／罗茜
责任编辑／李晓娟
版式设计／Libra J
经　　销／新华书店
开　　本／787×1092毫米　1/16　印张／14.5　字数／120千字
印　　刷／北京建泰印刷有限公司
版　　次／2008年6月第一版　2008年6月北京第一次印刷
书　　号／ISBN 978-7-80222-645-6/Z·19
定　　价／25.00元

中国华侨出版社　北京市安定路20号院3号楼　邮编：100029
法律顾问：陈鹰律师事务所
编辑部：(010)64443056　64443979
发行部：(010)64443051　传真：(010)64439708
网址：www.oveaschin.com
E-mail：oveaschin@sina.com

危急时刻
总书记和人民在一起

你来了，
我知道你一定会来，
在大地震之后，
最危急的时刻，
你急切地赶来了。
你如一座巨大的磐石，
坚定地站在摇晃的废墟前，
铿锵有力地，
向突如其来的灾难宣战。
我知道你带来了
整个国家的意志和力量！

这是网上流传的一首诗歌，这是地震中胡锦涛总书记挺身而出勇往直前的真实写照。

5月12日，四川汶川发生地震后，胡锦涛总书记立即作出重要指示，要求尽快抢救伤员，保证灾区人民生命安全。当日晚，他主持召开中共中央政治局常务委员会会议，全面部署当前抗震救灾工作。

5月14日，总书记再次主持召开中共中央政治局常务委员会会议，进一步研究部署抗震救灾工作。

5月16日上午，在四川抗震救灾的危急时刻，中共中央总书记、国家主席、中央军委主席胡锦涛乘飞机赶往四川省地震灾区，慰问灾区干部群众，看望奋战在抗震救灾第一线的部队官兵、公安干警和医护人员，指导抗震救灾工作。

5月17日的那一个瞬间鼓舞了无数的中国人。总书记深入到四川地震震中区汶川察看灾情，指导抗震救灾工作。面对着失去家园失去亲人的灾区群众，总书记登上高处，鼓励大家。然而，就在总书记讲话的过程中，忽然大地一阵摇晃，一次余震袭来！他丝毫不为所动，眼神里充满坚定与信心，他关切地对大家说："现在还有余震，房屋也不结实了，你们自己也要注意安全。"总书记的镇静自若和临危不惧感染了在场的每一个人，也通过电视感染了每一个中国人。顿时，心中不再害怕，不再恐惧。因为他坚定的身影，给所有灾区人民带来了信心和力量。

在大震面前，总书记将自己的安危置之度外，在灾区留下了一个个感人至深的镜头。在这些令人难忘的镜头中，他带给灾区人民的，不仅仅是信心，还有无限的爱。

镜头一：总书记来到北川县擂鼓镇胜利村看望受灾群众。在设在学校的野战医疗所里，几名受伤群众含泪告诉总书记，自己家里遭了大灾。胡锦涛倾听他们的诉说，诚挚地对他们说："我和你们一样难过。你们一定要保重好自己的身体。"

3岁半的罗梦夕在这场灾难中失去了母亲，睁着大眼睛静静地躺在救护人员的怀里。总书记叮嘱医护人员一定要为孩子做全面检查，然后满含真情地俯下身子，亲亲她的小脸说："以后爷爷再来看你。"这充满爱的一吻，仿佛一位慈祥的爷爷，安慰自己受伤的小孙女。这一吻，是鼓励，是安慰，是怜爱，是疼惜。那份情、那份爱，溢于言表。

镜头二：总书记来到蓥华镇，失去亲人的几位妇女一下子失声痛哭起来。总书记哽咽着安慰她们，鼓励她们振作起来，建设新的家园。

亲人没了，没哭，悲痛沉压在心底。总书记来了，那悲痛便再也压抑不住，山洪爆发般倾泻而出。那是因为看到了亲人，看到了靠山，看到了救星。…

镜头三：村里的一个中年妇女哭着说："已经几天了，我的孩子都找不着……"这时候，总书记盘腿坐在了地上，小声地耐心安慰着坐在身边的乡亲："中央已经调集来了10万解放军和武警官兵，现在正在各乡各村加紧搜救，大家放心，只要有一线希望，我们就一定会尽最大的努力！"

镜头四：当听说在深山里的灾情更重时，总书记立刻叫来地方和部队的领导，指着自己手腕上的表说："你们务必要在今天中午12点以前向山里进发！"

有这样的统帅，人民怎会不放心？军队怎能不舍命？国家怎可不稳定？

镜头五；面对战士抢险救人的紧张场景，总书记动情了，他振臂高呼："任何困难都难不倒英雄的中国人民！"部队官兵们振臂回呼："坚决完成任务，坚决勇往直前！"刹时，群山回响，声震宇宙，壮观异常。

镜头六：金山寺村简易防震棚里，六一儿童节的前一天。对于灾区的孩子们来说，这是他们有生以来最特殊的一次节日。这时候，总书记来到他们身边，给他们带去了节日的祝福："小朋友们，你们今天还只能在帐篷底下学习，但是你们可以相信，党和政府一定会为你们建造好新校舍，一定会让你们有更好的学习环境。”

随后，总书记拿起粉笔在小黑板上写下十六个大字：“一方有难、八方支援、自力更生、艰苦奋斗。”写完，他领着孩子们一起大声朗诵。

这时的总书记，就像一位普通的教师，教会了孩子们如何在灾难中奋起，在悲痛中重生。那黑板上的十六个字，是送给孩子们的最好的儿童节礼物。这句话告诉孩子们，一个自强不息的民族必定是永摧不倒的民族，也就是大有希望的民族。对于有着数千年文明历史的古老民族来说，苦难和伤痛只能化作前进的动力，而不可能让一个曾经辉煌的民族堕落！

总书记留下的许多细节，带给了我们太多的感动，带给了我们充足的力量。人民不会忘记，总书记、温总理“会师”的那一刻，两只巨手相握传递的真情、信心与力量；人民不会忘记，总书记、温总理一路风尘慰问受灾群众、部队官兵和医护人员时眼里满含的真情和鼓励；人民不会忘记，总书记、温总理马不停蹄的身影；人民不会忘记……

我们有亲民的党中央，有高效、负责的政府，有最勇敢、最自律、最自觉的人民军队，有能够吃苦耐劳、舍己救人、挑起重担的80后，有恪守自己的职责、无条件地救助伤员的医生护士，有用自己的身躯，保护着一个个无辜的孩子，用自己的生命去换取孩子的未来的“人类灵魂的工程师”………

这就是中华民族，一个让其他任何民族都会为之钦佩和敬畏的民族，一个即便万年之后也仍然会生生不息恒久流传下去的民族。

这就是中华民族，一个坚强的民族，一个自信的民族，一个团结的民族，一个大爱的民族！

大爱中国

目录

众志成城 第一章

从那个揪心的灾难时刻开始，我们的泪眼就一直西望汶川。我们的心紧跟着胡锦涛总书记和温家宝总理十万火急的步履，风雨兼程，向震中挺进、靠前、再靠前。巴蜀有难，举国同哀；海内存恩，全民共济。大地震显示中国人的精神和力量。抗震救灾，众志成城。我们坚信：最后的胜利属于我们，属于伟大的中国人民！

义无反顾 第二章

大难面前，方显大义。

人世间，最大的悲痛，莫过于面对亲人的别离。

而人世间，最大的爱，便是坚强地承担命运，把心中强烈的爱通过平凡的双手，传递下去，延续生命之火。

他们，在生离死别面前，还来不及悲痛，就开始为了他人而忙碌奔波；还来不及哭泣，就已将爱毫不吝啬地都奉献给社会的人们……

生死不离 第三章

生死不离，这是父母的呐喊，这是儿女的渴望；生死不离，这是爱人的低语，这是夫妻的希冀。还有什么，能比生死之约更令人感动；还有什么，能比海誓山盟更令人陶醉。让我们在这个时刻铭记，拥有和珍惜，是爱的真谛！

春泥护花 第四章

他们是辛勤的园丁，浇灌着祖国的花朵；他们是灵魂的工程师，塑造着完美的人格；在地动山摇的刹那，他们放弃了自己生的希望，以血肉之躯为孩子们支撑起了生命之门——他们有一个共同的名字：老师！
他们走了，破碎的衣服上还残留着粉笔的飞屑；他们走了，宽阔的肩膀上还扛压着千斤的重担；刻在木版上的名字未必不朽，刻在石头上的名字也未必流芳百世；老师，您的名字刻在我们的心灵上，是会永存的！

生命赞歌 第五章

汶川地震当中，传奇故事举不胜举。一场巨大的灾难、一群善良的人、一个坚强的民族，是构成这些传奇故事的基本要素。
每一位幸存者，他们经历了一段段灰色的磨难，创造了一个个生命的奇迹。在灾难面前，我们不屈服，不放弃，中华民族用双手托起了明天的太阳，让生命更加璀璨！

大智大勇 第六章

大悲铸大爱，大爱铸国魂。在突如其来的地震灾难面前，在刻骨铭心的生离死别面前，我们有目共睹地看到了灾区人民与死神抗争的大智大勇。从9岁孩子稚嫩脸上的坚韧和勇敢，到党员领导运筹帷幄的镇定和机智，我们看到，因为智慧，肩膀变得如此坚强；因为团结，胳膊变得如此强壮；因为无畏，面对灾难，我们的民族更加团结！

生命色彩 第七章

迷彩和警徽传递着温暖和爱。
他们是历史上、世界上第一流的战士，第一流的人！他们是世界上一切伟大人民的优秀之花！我们以我们的祖国有这样的英雄而骄傲，我们以生在这个英雄的国度而自豪！
他们是我们最可爱的人！

英雄丰碑 第八章

不久以后，我们将回到和平宁静的生活中。但是，请不要忘记，这场战斗中唱响的英雄之歌，以及英雄们用血肉筑起的一座座丰碑！请不要忘记这些创造出悲壮大救援英雄诗篇的英雄们！更不要忘记这片养育、激励、造就英雄的大地！

大爱无疆 第九章

爱是人类情感中最深沉、最重要的情愫。爱是美学中永恒的主题，是忍耐与宽容，是恩慈与祈福。它不分肤色、不分国别、不分种族，它可以突破地域、文化的界限，把人们的心紧紧地连在一起。爱本无界，大爱无疆，让我们携起手来，和灾区人民一道与这场灾难做斗争。让大爱的暖流不仅流淌在神州大地，也给全人类留下一笔宝贵的精神财富。

汶川，不再仅仅是一个地名，它让全世界人牵肠挂肚，也成为让中国人乃至全世界感动的地方。这里凝聚起全中国人的爱心，也集结起全世界人民的祈福。

后记：

第一章 众志成城

从那个揪心的灾难时刻开始，我们的泪眼就一直西望汶川。我们的心紧跟着胡锦涛总书记和温家宝总理十万火急的步履，风雨兼程，向震中挺进、靠前、再靠前。我们听到废墟深处遇难者的呻吟与呐喊，我们看见昔日的菁菁校园今日已满目疮痍……我们再也忍不住无所作为的袖手旁观，我们要倾其所有，援助灾区！

巴蜀有难，举国同哀；海内存恩，全民共济。大地震显示中国人的精神和力量。抗震救灾，众志成城。我们坚信：最后的胜利属于我们，属于伟大的中国人民！

也许我们的目光不能在每一个为这场抗灾战役做出贡献的人身上停留，但是历史已经在悄然书写，2008年5月的中国，虽然有地震的痛，但更有温暖的爱。

我们风雨同舟
——社会各界为灾区捐款捐物持续中

5月12日14点28分，四川省汶川县发生八级强烈地震，这场突如其来的灾难给在年初刚刚经历严重低温雨雪冰冻的中国大地，又一次带来新的灾难。5月，本应是阳光灿烂、生机盎然的季节。然而，四川汶川县一场无情的震灾夺去了数万人的生命，许多人被围困，许多人音讯全无。地震以来，普通百姓、企业家以及国际社会源源不断的捐赠暖流，给处于巨大悲痛之中的灾区民众带来无限温暖。当一场巨大的灾难袭来，我们毫不犹豫地携起手来，同舟共济，共渡难关。现在，各地人们的心与受灾群众的心连在了一起，一笔笔善款和物资源源不断地向灾区传递着爱心。

31日上午，由中国资源综合利用协会组织的双鸭山东方墙材工业有限责任公司、卓越（福建）机械制造发展有限公司、南京双阳建材机械制造有限公

司、保定市华锐方正机械制造有限公司、北京瑞图科技发展有限公司、北京建邦伟业机械制造有限公司等6家企业作为第一批捐赠单位，向四川灾区捐赠多孔砖和空心砖生产线、混凝土砌块生产线和建筑垃圾分拣设备以及板材生产线等，这些装备总价值超过1100多万元，年生产能力达7亿块标砖和10万平方米板材，能有效处理地震房屋倒塌产生的大量建筑废弃物，而且生产的建材品种多、规格全，对灾后重建有非常大的实用价值。

拜耳集团董事会成员沃夫冈·普利琴科5月30日宣布，拜耳即将启动“拜耳博爱计划”，为四川地震灾区的重建工作提供支持，其中包括建设移动诊所、临时住房和学校。此前，拜耳已捐赠了价值1000多万元的药品和医疗器械，公司和员工个人还捐款280万元。

辉瑞中国将通过救援组织向大地震灾区提供价值1000万元的现金和药品赈灾援助。辉瑞亚洲/日本区总裁时来先生表示，辉瑞将尽其所能与国际和当地救灾机构合作，力争迅速并有效地为受灾地区的民众提供药品和资金援助。

横店集团下属的40家单位为灾区筹集捐款已达1259.79万元，目前捐款还在继续。通过传真，横店集团日前接到绵竹市人民政府接受捐赠的承诺函，由此，横店集团一笔1250万元的赈灾款用途已经明确，将专项用于绵竹市东北镇天齐村灾后重建家园。

远东控股集团响应国家电力监管委员会号召，无偿向灾区追加捐赠价值300万元的抢修电网工作急需钢芯铝绞线等物资。至此，集团累计捐款捐物已近500万元。

由华夏基金管理公司捐赠的50万册灾后心理辅导读物——《地震灾害心理救助手册》已加班加点紧急制作，并已正式转交给四川省教育厅，向四川地震灾区免费发放。至此，华夏基金已向地震灾区捐款捐赠总计269万元。

日本医药公司卫材株式会社在中国的独资药厂卫材（中国）药业有限公司除向灾区捐赠大量急救医疗用品之外，还向红十字会捐助500万元用于医疗救助活动。

摩托罗拉公司在四川汶川地震发生后的第一时间宣布向四川灾区紧急捐赠第一批价值200万元的现金和应急通讯器材。随后，摩托罗拉公司又连续两次向四川地震灾区捐赠移动通讯基础设施和资金，捐赠总价值达到1200万元。

TCL集团在地震灾害发生后向广东慈善总会捐款100万元后，全球员工展开捐款捐物、援助灾区的系列爱心行动，目前TCL集团及员工累计捐款捐物超过520万元。

中国铝业已累计向四川、甘肃等地震灾区捐款5546万元。其中共产党员以“特殊党费”、广大干部员工以个人名义捐款达2846万元，目前已累计向灾区拨付3410万元。

中材集团各级党组织和广大党员心系灾区积极以交纳“特殊党费”的形式表达对灾区群众的关爱和支持，目前共交纳“特殊党费”136万余元。中材集团天津水泥院还向灾区捐建标准板房50套作为灾区重建家园前的过渡性安置房。

毛泽东的后人毛新宇携家属四人奔赴中华慈善总会捐款现场捐款10万元人民币。毛新宇说，“作为中华儿女，我们时刻关心灾区人民，愿为灾区人民奉献自己的爱心。”

一名不愿意透露姓名的出租车司机，在得知乘客是来捐款的前提下，毅然决定把车费捐献出来，以其特有的方式向灾区同胞献出自己的一份爱心。

诺华制药公司将1500万元现金及药品的捐赠到中华慈善总会，其中100万

元来自员工个人捐款。公司负责人表示，他们希望通过这种方式，对灾区人民尽自己的一份绵薄之力。

中华慈善总会会长范宝俊在接受记者采访时说，捐赠现场始终充满感动之情，此次爱心捐款的一些特点：政协委员表现突出，藏民委员捐款踊跃；此次捐款活动全民参与，参与度高；匿名捐款数额比以往高出不少，目前，中华慈善总会收到的6亿元捐款中，有许多是匿名捐款所得；个体捐赠数额大，普通工薪阶层捐款数额比以往高出很多，企业单位单笔捐款数额最高达1亿元。

还有很多很多的个人和企业我们在这里无法列举，但是，捐款活动的意义不仅仅在于传递爱心，帮助灾区同胞重建家园，更是一场大型的人文主义教育活动，它弘扬中华民族慈善互助的美德。

面对大地震这一幕的大悲剧，面对大救援这一出组织有力的大史诗，社会各界通过捐助向灾区人民共同传递一句铿锵誓言：我们永远在一起，任何困难都难不倒英雄的中国人民!

里氏8.0级的汶川大地震，不禁把我们的思绪拉回到32年前那场发生在唐山的滔天浩劫。历史惊人地相似，却又有本质的不同。32年日新月异，今天的抗震硬仗，少了绝望与无助，多了悲壮与抗争。

灾难，往往是一瞬，而抗灾精神，却是一种永恒。这场地震虽然造成了一场国难，但它唤起的是团结奋进，是民族的众志成城，是国人的爱心无限，是同胞的饱含深情，是天地间的互相温暖，是对灾难的无所畏惧。也许我们的目光不能在每一个为这场抗灾战役做出贡献的人身上停留，但是历史已经在悄然书写，2008年5月的中国，虽然有地震的痛，更有温暖的爱。这一刻，留在国家记忆中的除了灾难，还有灾难中人们压不垮的精神。

他们是平凡的出租车司机，但是当系上绿丝带，奔波在受灾地区之间，他们就变得不平凡了。成都的哥，自发地在华夏的大地上，形成了流动的绿色长龙。我们看到，爱在涌动、传递、生生不息。

流动的绿色长龙
——成都的“的哥”们

曾经，他们会因为不足一公里的路程与你发生关于“绕路”的争吵；

曾经，他们因为目的地有些堵车而皱眉抱怨；

曾经，他们因为偶尔没有发票而被你数落怀疑；

然而，就在那样一个时刻，他们拥有了一个共同的名字——“成都的哥”，世界上最棒的出租车司机。

在成灌高速上，数百辆出租车系上绿丝带，打着应急灯奔赴都江堰灾区，形成了流动的绿色长龙。没有人给他们丝毫的报酬，更没有任何人要求或命令他们，这些平凡、朴实的人们，在这样一个本该休息的时刻，却如此无私地冒着莫大的生命危险前往灾区进行救援，紧急传送亟待拯救的生命。这是多么壮美的一幕，让人温暖。

在四川省政府5月13日召开的“汶川特大地震灾害”新闻发布会即将结束的时候，副省长李成云突然把大家留住，噙着泪花说，“我感到非常感动，这真的是无私的奉献！在这里，我希望代表灾区人民说一声：感谢我们的的哥，谢谢你们！”

“我必须去看一下！”

洪伟，一个普通的名字。汶川特大地震发生后的成都，一片混乱。当天晚上9点半，洪伟到羊西线一处加气站加气。看到一辆辆从都江堰方向急驰而来的救护车从身边“嗖嗖嗖”飞过，他意识到，都江堰的灾情肯定很惨，一定有不少伤员等待着抢运出来。“我必须去看一下！”洪伟在心里说。加满气后，他的绿色捷达车就像离弦之箭向都江堰方向射去。“那简直就是本能，”事后洪伟告诉记者，他当时比救护车跑得还快。

5月12日22时许，震后的都江堰城区大雨如注，一片黢黑。洪伟在赶到40多公里外的都江堰城区之后，立刻打听医院的方位。行至一条老街处，透过车灯的光柱，他看到一座已垮塌成仅约20米高的“建筑垃圾”前，人们正在冒雨奋力从废墟中挖人。洪伟把车停下，此时一位腿部受伤、浑身鲜血的男子被人塞了进来。洪伟二话没说，掉转车头就往成都飞驶而去。为了保证安全和时间，他不敢多说一句话分神。11时40分左右，洪伟将受伤男子送到成都金沙医院，交给了正在医院门口紧张等候接收地震伤员的医护人员。

感受到灾情的严重，洪伟没来得及喘一口大气，喝一口水，便又第二次向都江堰疾驶而去。再到都江堰，已是13日凌晨零时许。此时都江堰城里的雨越来越大，穿过混乱的人群和废墟，洪伟辗转到了入住伤员最多的都江堰第一人民医院门口。这一次又跟上回一样，车刚刚停稳，门就被两名现场救人的武警拉开，一位腰部严重受伤的女士被小心翼翼地放在了汽车后座上。

在这样的往复中，洪伟惊奇地发现，自己的绿色捷达出租车只是巨大车流中小小的一个——在都江堰入口的公路上，来去的车道上，已经密密麻麻地布满了成都籍的出租车，和救护车一起，全都闪着应急灯的汽车汇流成河，映红了都江堰因停电而显得黑暗的街区，映亮了人们的眼睛。一种难以形容的绿色长龙，让人无尽感动。

“交警向我敬礼。”

出租车司机赖伟，在赶往都江堰市营救灾民的途中，去羊犀立交附近加气站加气，现场排着长队，意外的是现场执勤的交警“看的哥的眼神似乎变了”，示意让赖伟先加。上了高速公路，眼前的景象让赖伟热血上涌：数不清的成都出租车闪着应急灯，和闪着应急灯的救护车、警车汇成一条闪光的车河。前面的120救护车开得飞快，赖伟心里一急，猛踩油门跟着飞奔，“起码时速在130公里以上”。

当时在成灌高速公路上疾驰的出租车到底有多少，当地媒体称“近千辆”。而一些的哥则认为，应该会超过这个数字。蓉城出租车公司第二分公司车队队长赵国成说，13日凌晨，他们公司的车就有300辆汇入浩浩荡荡的救援车队的车流。

开了十多年出租车的的哥凌正华说：“我最怕警察给我敬礼，每次遇到警察敬礼，一定是喊摸驾照本本、罚款……”当他行驶在机场路口时，路边交警突然向他敬礼，他开始心里一哆嗦，后来才明白过来。

在这样的一个夜晚，越来越多的出租车，闪着顶灯和应急灯，源源不断地驶上了成灌高速，在这条生命通道上急速传送亟待拯救的生命。“成都出租车闪烁的灯光像一条彩虹”。

“医生把我们当救星！”

一位红十字会的人士说，在灾区的很多地方，由于山路狭窄，大型卡车没法走，私家车的车技难以令人放心，出租车是征集得最多的一种运输车辆，有时也运送志愿者和医务人员，以及在机场接人。“他们招之即来，抢着干”。

成都市抗震救灾指挥部把成都出租车这一支重要的救灾力量纳入了统筹安排的范畴，哪个地方急需送东西，马上就通过交通台在广播中呼叫。同时尽量引导出租车听从安排，有序进入灾区救灾。“出租车非常听招呼。”市交委出租车管理处一位负责人连声说，这些的哥让成都人感到骄傲。

“当地医生见到我们，就像遇到了救星，激动得把我的胳膊都捏痛了！”洪伟告诉记者。他们送去的药品解了医生的燃眉之急。许多伤员因为用了他们送去的药，缓解了病情和伤势。

在这一场特殊的战役中，成都的哥亲历了一个个难以忘怀的瞬间，也留给了世人一个个被感动的瞬间。有太多的故事，就像成灌高速这条生命通道上，为了急速转送亟待拯救的生命而亮起的应急灯一样，数不胜数。

这条绿色的长龙，是用爱心串联起来的，代表了成都这个城市的气质，中国这个伟大国家的精神。我们同宗同祖，同血同源，大灾面前，这一条亮丽的风景线，照亮了废墟，更照亮了中国人的心灵。

三十二年前唐山突如其来的灾难，全国人民与唐山人民携手共同度过。三十二年过去了，当地震灾难再次重演，短短的时间内，全国人民的心和汶川连在了一起。我们是一家人，是相亲相爱的一家人。有了家人，有了爱，面对灾难，我们不怕！

有能力了，就该回报社会
——唐山孤儿的一亿情怀

“我们对5月12日发生的四川省汶川特大震情非常牵挂，我们荣程集团人大多来自唐山，亲历过1976年的唐山大地震，为四川地震灾区捐款，我们义不容辞!”这是一名记者采访刚刚参加完5月18日央视承办的“爱的奉献”晚会的张祥青时他说的一句话。而那场抗灾救灾晚会也让中国观众知道了张祥青。

在5月18日央视承办的“爱的奉献”——2008抗震救灾大型募捐晚会上，天津荣程集团董事长张祥青夫妇语惊四座：“我们再捐7000万，帮助灾区人民重建家园，建‘震不垮的学校’！”此前，他们已向灾区捐款人民币3000万元，至此累计捐款达到了一亿元。

在举国为之感动的同时，人们也忍不住询问：张祥青是什么人？是什么让他有如此坚决的态度去支援灾区群众？而当谜底解开的时候，人们才恍然间发现，原来这一切的一切都是因为，爱。

张祥青之所以对汶川地震如此牵肠挂肚，是因为他亲身经历了1976年的唐山大地震，并从此失去双亲。他们家原居住在唐山丰南区胥各庄，他在家中排行老六，是家中最小的孩子。1976年的那场大地震夺去了他母亲和他五哥的性命，父亲被砸成重伤最终也没能够活下来。当张祥青被哥哥姐姐从瓦砾中挖出来时，他发现之前明亮的世界已变得千疮百孔，惨不忍睹。那时候的他只有七岁，童年自此失去色彩，人生自此发生了改变，一双稚嫩的肩膀也将要挑起生活的重担。时光在捡破烂、打猪草、卖冰棍中蹒跚前行。在他读完初二以后便因为经济困难而辍学，完全地进入了这个他依然陌生的社会。后来，他受到政府照顾而得以进入当地一家铁厂，成了年龄最小的炉前工。他的工友们怎么也不会想到，这个炼铁炉旁衣衫破烂的穷小子，将来一天会成为天津市的钢铁大亨。

1989年，20岁的张祥青与同乡张荣华结婚，熟悉他的人都认为这是他命运中一个重要的转折点。因为要负起养家糊口的责任，张祥青决定做一点小买卖。经过再三的考虑，他和妻子找到当地的老师傅学做豆腐，并且打算以卖早点作为自己创业的起点。

那时的生活是异常艰苦，夫妻两人早上三四点就要摸黑起床，生炉子、做豆腐、准备当天供应的早点。同时他们还养了猪，就这样一点点的积攒创业资金。后来，张祥青看中了收废旧钢铁的生意，把所有积蓄都投在里面。张祥青与妻子勤劳刻苦，仔细地打理生意，后来生意越做越大，逐渐成立了自己的钢材公司。2001年，张祥青听说“天津渤海冶金工业有限责任公司”即将倒闭，便赶去天津考察。尽管当时那个厂子已经破败不堪，周围又都是水坑芦苇，但他还是动了投资办厂的念头。不出半个月，他就跟对方签定了合同，拿出2.8亿做重大投资，成立荣程联合钢铁公司。经过七年多的苦心经营，荣程联合钢铁公司发展成天津荣程联合钢铁集团，形成跨地区经营的、以钢铁为主业的集合型企业集团，目前已形成了集采矿、炼焦、烧结、炼铁、炼钢、连铸连轧一条龙生产。从2001年成立至今，天津荣程联合钢铁集团有限公司已向国家上缴税金超过29亿元。2007年，张祥青登上胡润钢铁财富榜，以个人总资产130亿元在民营钢铁行业中排全国第二位，同时在2007胡润百富榜中，张祥青排在第45名。一个看炼铁炉的小工最终成为了钢铁大亨。

富裕起来的张祥青夫妇并没有忘记以前过的苦日子，他们也懂得没有社会的温暖，仅靠自己是没有今天的成绩的。张祥青夫妇的慈悲心肠是出了名的，有了能力就要回报社会，是张祥青秉承的理念。在今天的唐山丰南区的煤河上有两座桥，分别命名为“荣华桥”和“祥青桥”，就是因为2002年张祥青夫妇俩曾捐资230多万元治河修桥；在抗击“非典”期间，张祥青投入上百万元，为企业4000多名员工购买提高免疫力的药品，还带头向天津市卫生局捐款10万元，向津南区卫生系统捐助医疗器械、药品总价值达38万元；2007年，他捐款40万元定向资助天津52名贫困孩子；今年，他为南方雪灾捐款300万元，现在汶川地区发生强烈地震，他又捐款1亿元……

据天津荣程联合钢铁集团有限公司有关负责人介绍，四川汶川发生特大地震的当天，张祥青正在深圳出差，当他得知四川汶川发生大地震后，立即放下手头的工作，和在上海出差的总经理、在天津的董事们召开了一个空中的三地捐款董事会。电话里董事长张祥青坚定地说，我们荣程人大多经历过1976年的唐山大地震，亲身感受过当时全国人民对唐山地震灾区的帮助，现在四川地震灾区正需要帮助，我们一定要献出我们的爱心，绝不能坐视不理。于是在最短的时间里，董事会立即决定，尽最大努力向地震灾区捐款。之后，张祥青又仔细叮嘱公司有关负责人要立即筹措资金，全力争取在最短的时间内，把善款寄到四川灾区。

当得知张祥青为灾区捐款时，他的大哥张祥文一点都不感到意外："那是应该的，我们都是唐山地震孤儿，有能力了，就应该回报社会。"

有能力了，就该回报社会，一句话，点出了我们中华民族的优良传统。一方有难，八方支援。三十二年前唐山突如其来的灾难，全国人民与唐山人民携手共同度过。三十二年过去了，当地震灾难再次重演，短短的时间内，全国人民的心和汶川连在了一起。我们是一家人，是相亲相爱的一家人。有了家人，有了爱，面对灾难，我们不怕!

在外界眼里，唐山这座城市是感恩的，唐山人民亦然。这份感恩的情感，已超越城市的界限，成为连接唐山与灾区的一种精神纽带。

因为感恩，所以报答
——志愿者中的“唐山兵团”

在中国的众多城市中，唐山或许最能理解汶川此时的痛楚，因为三十二年前的那次沉痛记忆，他们对四川人民的苦痛有着切身的体验。在此次抗震救灾中，唐山市也划出了与别的城市不同的轨迹。

每当提起三十二年前相似的经历，唐山“大老爷们儿都忍不住眼泪”，面对着四川同胞突如其来的灾难，唐山人心中的满腔哀痛使得捐赠再多似乎都无力承载。实际上，在很多唐山人眼里，他们都怀着一颗感恩的心，“因为感恩，所以报答”。

皇甫明存是唐山市宏旺铁粉精选厂的厂长。在得知汶川发生大地震后，皇甫明存立即做出了停产的决定。他组织了51名员工和医务人员前往北京，想包一架飞机去四川救援。谁知到第二日凌晨两点，因天气原因，四川灾区仍不具备航班降落条件。皇甫明存经历过唐山大地震，知道人被埋了之后，必须赶紧挖出来。救人如救火，早到一秒钟，就可以多救一个人。皇甫明存立即包了辆大巴。

“当年，屋子全塌了，比这次还严重。是全国人民给我们捐款捐物，让我们挺了过来，当时大家都不富裕。我们欠着一份情。”皇甫明存的这句话代表了唐山人民的心声。

在当地人眼里，切肤的理解与感恩的情结是唐山大量参与救援的两股源泉。在多次的灾难救援中，都活跃着唐山人的身影。感恩几乎成为唐山人的共识。今年年初，在南方发生特大冰冻雪灾之时，宋志永等13位唐山农民没经任何组织和动员，挺身而出，自发、自费赶赴湖南抗雪救灾，与当地电力部门工作人员一道，深入山区，破冰除雪，搬运设备，抢修高压线路，每天工作十余小时，为恢复郴州电力供应做出积极贡献。他们的行为感动了全中国，被人称为唐山“十三义士”。四川地震发生后，“十三义士”又在第一时间赶到四川灾区，成为灾区救援中一支著名的志愿队伍。

5月12日下午，在得知四川汶川发生特大地震后，宋志永马上表示：“当年唐山大地震时，全国人民无私援助我们。这次我们也不能袖手旁观，必须赶过去搭把手。”他甚至来不及告诉自己的老婆，就在当晚出发，他想取道北京、郑州前往四川。然而和皇甫明存一样，他遭遇了航班取消的意外事件。于是宋志永从郑州打的赶往西安，再从西安打的，他与出租车司机轮流开了整整9个小时，共花费五千多元。终于，他在14日凌晨5点到达绵阳，然后打了一辆摩的赶赴北川。到达灾区后，他电话通知了另外的12个兄弟。很快，唐山十三义士齐聚四川，开始了救援工作。

唐山人的到来为救援工作带来的不仅仅是人力，还有丰富的救援经验。这使得唐山人常常在救援中发挥重要作用。宋志永到达北川的当天上午，就和武警战士一起救出8名被埋群众。14日中午，有人指着一片倒塌的民房说里面有人在呼救，他又和4名武警战士跑了过去。然后是不停地扒洞口、清理石头砖块，经过3个多小时的紧张挖掘，终于把废墟中的3个女孩救了出来。

15日早晨，宋志永和随后赶来的12名村民以及其他志愿者会合。从15日到19日，“宋志永爱心志愿小分队”先后救出25名生还者，搜寻运送遇难者遗体100多人。临出发那天，宋志永还组织小分队募捐，截至到19日，已募捐款物40多万元。这段时间里，志愿者队伍已经从最初的宋志永1人到16人，再到35人，籍贯也由唐山一市增加了北京、上海、海南。而紧随在“宋志永唐山爱心救援小分队”身后的，是一大批宋志永式的志愿者，“几百人都分布在四川灾区的各个地方”，他们毫无所求，只是怀着一颗感恩的心，抽出时间、放下工作，来到四川倾其所能开展救援工作。

能亲自前去四川，亲历抢险救人的毕竟只是少数“幸运人”，更多的唐山人是通过捐款捐物献血的方式，将自己与灾区人民联系在一起。唐山市政府组织当年经历过抗震救灾的普通市民，把自己防震、救生、互救、震后生存、防疫防病等方面的经验和技巧通过电话、短信等形式向媒体反馈，还紧急编写、印发了《唐山抗震救灾经验》，迅速发往灾区。

“灾难和厄运的力量之所以强大，往往是因为它能慑服人的精神，把人类

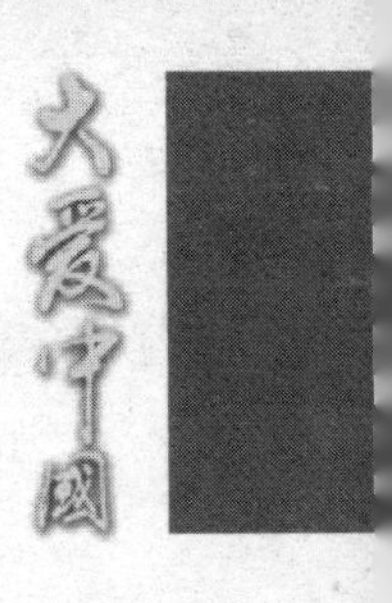

网入它的逻辑。它能假人类之手，让人类自囚，自刑，甚至自我毁灭。”在钱钢的报告文学《唐山大地震》一书中如此评述地震给人们的打击。经受过此痛的唐山人民，在内心世界更能接近此时的汶川。震后第四天，第一批心理辅导工作者就从唐山经北京到北川。“有些老乡明明知道自己的亲人已经死了，还会天天在废墟边守望、徘徊。这让人很揪心。”该分队的一名心理学教授这样向记者介绍。而他们所要做的，就是通过心理宣泄、疏导等方式，帮助当地人们尽快积极地面对生活，走出痛苦。

唐山人民是感恩的。这份感恩的情感，已超越城市的界限，成为连接唐山与灾区的一种精神纽带。三十二年前，唐山人从地震之后的废墟里爬出来，他们抚平伤口，擦干泪水，齐心协力走出了地震的阴霾；三十二年之后，“唐山兵团”成了抗震救灾前线引人注目的一支志愿者队伍。他们带着感恩的心回报社会，使得“唐山人”这个称呼，被赋予了感恩、奉献、回报的含义。

温总理说，一个很小的问题，乘以13亿，都会变成一个大问题；一个很大的总量，除以13亿，都会变成一个小数目。是的，一个巨大的灾难，除以13亿，都会变成小的困难；一点小小的爱心，乘以13亿，就会变成一个爱的海洋。从唐山到汶川，我们深刻体会到了这个灾难的除法，和爱的乘法。而我们同时也看到，中华民族的凝聚力在此时此刻是如此强大。地震可以夺去生命、摧毁房屋、毁坏家园，但无法撼动中华民族坚强的、由爱构筑起来的不倒“长城”！

重庆大学1000多名学生在2个小时内填写了志愿献血表，根据灾区急需血型采集了102袋血液。以80后为主体的大学生们在灾难面前向世人宣告了他们的坚强与成熟。

四川，你别哭
——大学生在行动

四川，你别哭。当地震撕裂你的大地，当灾难蹂躏你的子民，我们虽然远在他方，却时时在想着你、念着你。在你遭受苦难的时候，每一个人的心都跟着疼痛。

在这场灾难中，各个领域、各种职业的人们都只有一种声音，那就是“众志成城，同舟共济”。那些在校的大学生们虽然无法走出校园近距离安慰你，但是他们却用自己的行动、微不足道的力量凝聚起一股爱的暖流，希望能驱走你的寒意。请相信，只要我们众志成城，同舟共济，与灾区人民心连心，我们就一定会取得抗震救灾的最后胜利！

5月12日，他们还在教室里静静地听课，丝毫没有感觉到灾难的来临。然而汶川地震的消息还是马上传来，让整个校园都久久无法平静。他们虽然还是一群没有踏进社会的学生，但是他们却有着一颗颗和社会紧紧连在一起的心。他们用自己的行动证明了一个大学生应该肩负起的责任，证明了祖国未来接班人和建设者拥有的品质和情怀。

5月13日，清华校内宣传板上出现了一张红十字会的倡议书。可能由于过于匆忙，都没有来得及制作电子打印稿，只是在黄色的纸上用毛笔写下了“抗震救灾紧急献血通知”几个大字。一时间，学生服务楼前便排起了至少有几十米的长龙，队伍蜿蜒伸展、井然有序。没过多久，一位志愿者就对排队的同学们说：“同学们，对不起，今天报名献血的人已经太多了，你们就回去吧。谢谢你们的爱心，但是恐怕你们排不上了。”话音刚落，一个矮小的女生坚毅地说：“我上午来排，您就说人够了。没关系，我还是想试试，如果排不上也没关系。”在这个队伍里很多人已经排了将近五个小时，因此很多同学都拿出了书边看边等。志愿者怕大家站久了会太累，便搬来了几把椅子。同学们都互相谦让，谁都不肯坐下。当听说四川灾区现在最缺AB型血后，手机声不断。同学们都开始寻找这种血型的朋友，叫他们马上来献血。那天志愿者们的眼睛一直红通通的，因为这些大学生的坚持和善良足以看出整个中华民族是如何凝聚在一起的。那天的献血活动一直持续到凌晨两点才结束，采血的医生总共持续工作将近14个小时，很多同学等了7个小时都没能献出这份爱心。第二天采血车没有再来，志愿者解释说北京的血库已经满了。

5月14日、15日、16日连续三天在全校开展“清华师生与灾区人民心连心”捐款活动，为灾区的救援和重建贡献力量。各个食堂面前都设置了捐款箱。然而长长的队伍还是把食堂入口围得水泄不通。大家纷纷拿出钱包，甚至跑到取款机旁取出现金。很多同学只是将钱交给志愿者连名字都没有留下便离开了。50元、100元、500元、1000元……他们就这样将爱心一点点地积累。据统计，截止5月16日下午5：00，3万多清华师生员工参加捐款活动，共捐款755万元。接下来的日子里，善款可是源源不断。截至到5月19日下午5：00，清华大学师生员工为地震灾区捐款共计932万元。

5月17日，由学生爱心公益协会发起的“情系灾区”赈灾募捐活动在紫荆4号楼前和研究生14号楼前同时进行。募捐从早上9时正式开始，直到晚上8时最后一袋衣物被卡车运走，活动整整持续了12小时，共有多过700人参与募捐，一共募集到16440多件衣服、被褥、帐篷。不少校外人士也从校外赶来，带来了帐篷和医疗用品，为赈济灾区尽自己的一点心意。除了爱心公益协会的会员之外，还有70余人次的志愿者作为工作人员进行衣物的整理、打包和装袋。

5月19日，1000多名清华师生聚集在大礼堂前，参加“清华师生沉痛哀悼汶川大地震遇难同胞”活动。每一名到场的师生都手持一朵白色的菊花。在礼堂前的台阶上，一个用白色花盆、绿色植物摆放成的“心”形表达了清华师生对于遇难同胞的哀悼。伴随着沉痛而充满希望的音乐，5名身着写有“众志成城”白色T恤的学生朗诵了清华学子创作的诗歌《众志成城——我们的2008》，表

达了对死难者的哀悼之情和与灾区人民群众同舟共济、共渡难关的决心。而当时在上课的同学们都通过广播一齐起立默哀，三分钟的时间整个清华校园仿佛凝固了。

5月20日“民族魂——清华大学学生抗震救灾演出”在清华大学礼堂举行。演出以“齐唱抗震歌，共塑民族魂”为主题，清华大学学生艺术团通过多种艺术形式展现了抗震救灾的感人场景和崇高精神，表达了对灾区人民和抗灾队伍的慰问，并通过对抗震救灾期间清华师生无私奉献感人事迹的颂扬，充分展现了当代大学生的拳拳爱国之心和殷殷报国之志。

5月23日，清华大学学生爱心公益协会在紫荆园和桃李园门口发起了“千纸鹤，送灾区”活动。本次活动共收到超过3500只千纸鹤，并于5月25日通过NPP基金会送往四川地震灾区。

清华校园的故事也同样发生在无数个大学校园中，有千千万万个大学生用实际行动去感染这个社会、鼓舞灾区人民。西南交通大学第一批30名国防生迅即前往受灾严重的都江堰市抗震救灾。电子科技大学23名学生志愿者前往四川省人民医院，协助医务人员进行救治工作。同时，全校学生积极参加以“为亲人贡献自己力量”为主题的募捐活动。重庆大学1000多名学生在2个小时内填写了志愿献血表，根据灾区急需血型采集了102袋血液。以80后为主体的大学生们在灾难面前向世人宣告了他们的坚强与成熟。

古人云：天将降大任于斯人也，必先苦其心志，劳其筋骨，饿其体肤，空乏其身，行拂乱其所为。是的，坚强的我们不会被打倒，我们在灾难中重生，在痛楚中坚强。

是他们坚定的信念、坚强的意志给了国民一个清晰的判断，有了这种精神，我们的社会必定更加友爱和谐，我们的国家必定更加繁荣富强，我们的民族必定更加文明进步。

他们在灾难中成熟
——志愿者在行动

“乖乖不怕，我们都和你在一起。”刘子渝俯下身，轻轻地对小男孩儿说。孩子听了她的话，烦躁的情绪渐渐平静了下来。这是在容纳了数百灾区伤员的绵阳市中心医院。男孩看上去八九岁的样子，胸前的医疗卡上写的却是“无名氏”。5月12日，他在什邡的一处废墟中被救援人员发现，送到了医院。孩子在地震中头骨碎裂，手术后部分大脑功能还没有恢复，一直不说话，所以至今没人知道他的名字，父母是否还活着。

作为一名志愿者，35岁的刘子渝是在5月21日来到孩子身边做心理医疗的。原本她以为孩子“失语”是因心理原因，来后才发现不是。孩子大小便失禁，不说话，但能吃饭。她给孩子喂饭，把煮熟的鸡蛋搅碎，拌在稀饭里，给他补充营养；她不断地和孩子说话，鼓励他自己咬苹果，给他念童话，每次念《绿野仙踪》，念到一半时，孩子就安静地睡着了。

有好几次，看到孩子无助的眼神，刘子渝都差点掉下泪来。她告诉自己要坚强，也要帮助这个如此依赖她的孩子坚强。晚上，孩子9点多就睡着了，她守到11点半，才回到停在路边的车里睡觉。

5月23日下午，男孩要和其他100多名伤员转到武汉去治疗。刘子渝陪在孩子的担架旁边等着救护车，她拉着他的手，一遍遍地说着：“乖乖，不要担心，去大医院是为了更好地治疗，我会在这里等你，等你回来。”

在刘子渝身旁，那些没有家属照顾的伤员旁边，几乎都有一个志愿者。地震发生之后，这家医院一直有十多名志愿者在服务，他们帮助抬伤员，照顾病人，希望用行动给那些从死神手中逃回来的幸存者以温暖。

5月15日，当37岁的路海珠锁上自家美发店的门，从邯郸挤上火车时，24岁的梁晔正在浙江台州，向自己的老板交上辞呈。他们离开各自的家，动身了，方向是同一个：正在蒙难的四川。他们并不相识，此前也没来过四川。在火车上至少颠簸两天之后，他们汇集在绵阳市政府救灾指挥部所在的广场上，成了一名志愿者。他以前从没做过志愿者，这是第一次。事实上，对中国来说，这很可能也是“第一次”。第一次，志愿者代表的中国民间力量，大规模地凝聚在了一起，并且第一次如此深切地与政府力量融合，共同承担起巨大天灾所带来的民族悲情，以及随之而来的救灾重任。

一辆农用三轮车，10张黑黝黝的脸庞。5月14日，39岁的刘忠明带着兄弟们，从山东莒县出发，奔往四川。车况实在不行，2000多公里路，三轮车又上不了高速，得绕道，紧赶慢赶，他们轮换着开，三天三夜风雨兼程，5月17日，终于进入了四川。“到灾区去做点事儿”，这个想法是刘忠明在5月13日一早就决定了的。他和媳妇孩子一起看电视，大老爷们，眼泪也掉得“吧嗒吧嗒”的，他受不了，决定联系几个村民去四川救灾。接到电话，正在青岛打工的村民刘中才马上就赶回来了，连假也没顾上请。10人队伍很快组成，他们买了50箱方便面、50箱矿泉水作为救灾物资，再给自己带了点干粮，就出发了。到了绵阳，他们放下救灾物品，在当地做了登记，接待者给他们每人发了一张“抗震救灾志愿者”的小纸牌，贴在胸前，又给每人手腕上系了一根红丝带。他们就开始干活了。5月21日，安县黄土镇灾民安置点，300多顶救灾帐篷，几乎全是他们哥几个给搭建起来的。中午，灾民们陆续搬进来了，他们并不知道，身边这几个浑身是土、脸庞黝黑的兄弟，是从那么远的地方赶来的。

灾难在继续，他们却在无悔地付出！中国的志愿者大军，正以前所未有的姿态出现在世人面前，他们在灾难中集结，在灾难中成长和成熟。

谁都不能否认，发生在中国的毁灭性地震催生出一个可爱的群体：志愿者大军。他们穿着“我爱中国”字样的短袖衫，把受伤人员从救护车上抬下来，开着自己的车把饮用水送给无家可归者。灾难来临，他们没有被吓倒，竞相冲锋在前，为地震幸存者做出他们力所能及的事情。

来自全国各地的卫生工作志愿者已成为救灾工作中重要的组成部分。在北川随处都能看到他们的身影，他们戴着口罩在废墟上喷洒消毒剂。其他人等候在城边帮助疲惫不堪的人们艰难走出这个变成废墟的山谷。在一个种植木

耳的村庄，村民们都成了无家可归者。来自城里的私家车车队停了下来，车主们向这些灾民分发瓶装水和饼干。他们大部分都是私营企业家——通过互联网联系后，决定做出一份贡献。通往震中的公路塞满了这样的车队。同时，在传统上不那么情愿献血的中国人已经在中国各个城市排起了献血长队。

在余震不断的四川灾区，至今没有一个准确的数据，有多少志愿者在基于他们的良心和道义，为受难者提供服务。但仅在绵阳，地震发生后，已经有两万多名志愿者在踏着废墟行动，志愿服务已有16万人次。

什邡市实验中学的14岁女孩李鑫也是一名志愿者，她曾被伤员的惨状吓哭，但在恐惧之中，她依然带领十多个学生志愿者在什邡市人民医院抬伤者，帮助医护人员照顾伤员。5月12日地震后，李鑫立即来到什邡市人民医院。她说自己很幸运，在地震中没有受伤，但她很快听说洛水中学的几个朋友，惨死在倒塌的楼房下。“我能活着，就应该做点事情”成为她的信念。地震发生的当天下午4点，她就来到了人民医院。当时医院中到处都是伤者，病房内外，地上坐的、走廊躺的，哭声、喊叫声响成一片，她虽然很害怕。但还是在医院里坚持了几天几夜。

四川大地震之后，无数的人因为心灵被突如其来的苦难震撼，看到同胞受难，不能坐视，非要真正做点什么，才能心安。

此次大地震，震碎了山川，震破了无数的家庭，但这惨绝人寰的自然灾害，却也将人性中最善良的同情震了出来。从南至北，由东向西，人们用自己的行动去帮助受灾者，其间所迸发的人性光彩以及民族的凝聚力，则是苦难之外的告慰。志愿者正是富有同情心与责任感的一个群体。

此次志愿者在救灾过程中的突出表现，也正预示着中国公民社会的成长。

作为志愿者，我们怀着爱，积极参与公共事务；而作为公民，我们不推脱，不指责，有自己的担当，共同行动，为了使这个国家更美好。

这里，谁也辨认不出对方是工人、农民、医生或是白领，我们也不需要弄清楚他们的身份，他们的名字就叫“志愿者”；还有祖国各地的厂房里，青年志愿者和工人们一起夜以继日地赶制帐篷、口罩等救灾物资。一夜之间，公民们人人都成了志愿者。看到如此大的力量在不断集结，谁能不为之震撼？外国媒体惊叹：发生在中国的毁灭性地震催生出中国的志愿者大军！是的，从无数青年志愿者身上，强烈的爱国情感、责任意识和无私奉献的精神正在形成股股暖流，温暖着灾区、灾民的心。强大的志愿者力量，正在和其他救援大军一道创建灾民的生存空间；宝贵的志愿者精神，正在和灾区人民共建心灵家园。

在这场艰苦甚至于残酷的救灾战斗中，每个志愿者都经历了一次精神的洗礼，在国难当头的时刻，他们不断地成长。有了这种奉献精神，我们的社会必定更加友爱和谐，我们的国家必定更加繁荣富强，我们的民族必定更加文明进步。

第二章 义无反顾

大难面前，方显大义。

人世间，最大的悲痛，莫过于面对亲人的别离。

而人世间，最大的爱，便是坚强地承担命运，把心中强烈的爱通过平凡的双手，传递下去，延续生命之火。

他们，在生离死别面前，还来不及悲痛，就开始为了他人而忙碌奔波；还来不及哭泣，就已将爱毫不吝啬地都奉献给社会的人们。因为他们，我们看到了人性的光辉，人情的温暖。因他你们，黑夜不再可怕，灾难也无法将我们挫败。因为他们，即使在狂风暴雨、绝壁悬崖前我们也可以永往直前。

"很普通，很平凡"的人民警察，却用一种爱的方式消解了我们面对悲惨现实的痛感和恐惧，更巩固了我们内心的坚强和勇敢。我们没有理由不相信，万众一心，众志成城，有爱就有未来。

我们爱其他的人吧
——警花蒋敏，大爱如斯

人世间，最大的悲痛，莫过于面对亲人的别离。

而人世间，最大的爱，便是坚强地承担命运，把心中强烈的爱通过平凡的双手，传递下去，延续生命之火。

这便是四川省彭州市公安局28岁的女民警蒋敏，用生命实践的大爱。在这次汶川地震中，她的10位至亲失去了生命。我们无法想像，是一种什么样的力量让她强忍丧亲之痛坚守工作岗位5个昼夜？我们更没有办法感受，爱的纽带被生生撕裂，这巨大的情感空缺应该怎样弥补？而现实呈现在我们面前的，是她纤细的双手，但却日日夜夜拼命地工作，还有照顾好小孩后意外的昏倒，坚持不懈的奋战……她将自己全身心没有用完的爱，通过工作让更多的人能够获得救助，能够有勇气和希望活下去。

在蒋敏获得公安部授予的一级英雄模范称号之后，她的光荣事迹传遍大江南北。“我没有三头六臂，我也是一个很平常的人，从来没有想到过会得到如此高的荣誉。”“每个警察都在尽自己的努力，他们有的忍受的伤痛比我还多，只是他们没有我这么幸运。”面对太多的镜头，这些平实而又伟大的话语，久久地回荡在我们的耳畔，一直不能离去。

最后一次深情地呼唤

“妈妈，我好想你！”

“瑞瑞乖，再过几天，妈妈就接你来彭州读书了。”

5月12日上午，稚嫩的声音从蒋敏的电话中传来，那是她最后一次听到女儿的呼唤。接到女儿打来电话的时候，蒋敏正与同事何梅在一起。挂断电话后，何梅都有些哽咽，“这么小的孩子，外婆带得再好，也应该在父母身边……”

然而，更大的不幸正在靠近。当天下午2时28分，地震突然袭来，彭州市龙门山镇受损严重，彭州市公安局紧急集结赶往灾区救人、维持秩序。蒋敏也一同参与救灾。在争分夺秒抢救他人的时候，善良的她万万没有料到母亲与女儿生活的地方受灾比彭州更为严重。“最新消息：北川县城被塌方山体全部掩埋，目前，确定死亡人数大约3000人……”不知是谁的收音机在耳边沉重地播报。“玮玮，你说一个妈妈能带着年老的父母以及3岁的孙女从3楼跑出来吗？”蒋敏用渴望的眼神望着办公室的同事，心情很沉重，疏散灾民之余，她惟一能做的就是祈祷家人平安。在之后的很长时间内，电话一直无法拨通。

终于在13日清晨6时许，蒋敏的手机响了，但是这并不是希望，而是彻头彻尾的噩耗。“喂！”蒋敏刚刚和对方说了两句话，顿时泪如雨下。蒋敏在哭，旁边女警也在哭：蒋敏的舅舅哭着打来电话说，蒋敏的爷爷、奶奶、母亲、女儿全部遇难。除了舅舅，蒋敏在北川的全家10口人已经确认死亡。这是一次亲人集体的别离，蒋敏，一个普通的女子，她是失去孩子的父母，更是失去父母的孩子。如此的沉重，排山倒海般，带着人生最大的悲伤袭来，没有任何的怜悯。

小时候母亲告诉我要坚强

“我不哭，我很小的时候母亲就告诉我，要坚强，不要哭。”看得出来，蒋敏说话时尽了很大的努力保持着平静和缓慢的语气，苍白的脸上看不出什么表情。屋子里很静，一种悲痛到极致的感觉逐渐在听者的心中弥漫。

“家人没有了，我们爱其他人吧。”这是丈夫贴心的安慰，更是伟大的宣言。摆在面前的生离死别，是那么残酷。在这样的非常时刻，遭受重创的蒋敏，此时异乎寻常地选择了坚强。“道路不通，通讯不通，我回去也没有用，还不如在这里做些事，帮帮和家人一样的灾民。”她想走，但不能走，也不忍心走。离开时，丈夫对她说：“蒋敏，我们已经够幸运了。很多家庭没有一个幸存者，孩子没有了，我们爱其他的人吧，你和我都能够为他们做些什么。”

在后来的日子里，蒋敏一直和战友们忙碌在救援的一线：维持震后秩序，帮助安置源源不断从灾区送下来的灾民，连续工作数日一直没有休息过。除了家人，蒋敏原来所在的北川某派出所，37名同事，也在这场地震中牺牲了36个。但是在救援人员到达北川前，第一个救援队就是县城幸存的警官组成的。蒋敏说，纪念的最好方式就是和活着的人一起战斗。

家人没有了我们爱其他人吧

毋庸置疑，蒋敏是个伟大的妈妈。为了工作，她不得不住在单位的宿舍里，虽然女儿很少来彭州，但宿舍却堆满了女儿的玩具、衣服、照片。曾经，这些东西是她的安慰，更是她的骄傲，她经常做好女儿到来的准备；而现在，这些物品却成了她最害怕的东西，她不愿看见这些，她怕控制不了自己的情绪。“我一直不想回家，昨天回过一次，但老公已经刻意将孩子的东西收拾起来了，其实他心里也很难过，但他不想让我更加难受。”蒋敏说，现在惟一的亲人只有丈夫了，经历过最痛苦的骨肉分离，应该与丈夫一起相互鼓励，好好生活下去。

通过电视画面，我们看到蒋敏一直工作在救灾一线，她帮助疏散到彭州的灾民搭帐篷。有很多孩子由于受到惊吓哭叫着，他们不停地叫着“妈妈”。蒋敏无限温柔地哄好他们，看着孩子们都安静地睡着。面对镜头，她疲惫不堪，却没有多少眼泪。她只是絮絮如常地对记者讲述她的工作内容，没有任何激烈情感的表达。“小孩的声音区别不大，听到那稚气的声音时，觉得这些孩子都是自己的宝宝。”蒋敏哽咽着说，她的瑞瑞再也不能喊她妈妈了。

我不能占医院床位

5月17日凌晨3时许，蒋敏把一名熟睡的孩子安置到帐篷内，为孩子盖好被子，掖好被角，才恋恋不舍、一步一回头地离开。看着别人的孩子，心中对亲人的思念袭来，几天几夜没合眼的蒋敏再也坚持不住，终于在走出帐篷后，昏倒在地上。

蒋敏被大家送上救护车，医生检查发现，她的血压非常低。在医生的坚持下，她被送到了医院输液，但一醒过来，她马上要求再次回到安置点。“我还行，我不能占医院的床位，我也不能停下来。”她挣扎着回到天彭中学安置点。

在面对记者的提问时，蒋敏愧疚地说：“救灾的过程中，会想起我的亲人，一切都会想起。当时丈夫回去了，我希望他能给我带点什么回来，可是什么都没有，只剩下一片废墟；我想对母亲说一句，妈妈！对不起！此时此刻我都还没有回来。” 这位平凡的人民警察，履行了对人民的誓言，却无限愧对自己的家人。

“很普通，很平凡”的人民警察，却用一种爱的方式消解了我们面对悲惨现实的痛感和恐惧，更巩固了我们内心的坚强和勇敢。我们没有理由不相信，万众一心，众志成城，有爱就有未来。

蒋敏也身体力行地教会每一个心系祖国的人们，心怀一颗“爱其他人”的心，做好自己分内的事情，这才是面对大灾最理智、最好的方式。

大爱如斯，这是蒋敏用柔弱的身躯在废墟上写下的誓言。熠熠生辉，经久不衰。

他们失去了最亲的人，却仍旧在一线保卫着祖国保卫着人民，舍小家为大家，这种精神，是中国军人的风骨，是中华民族的脊梁！

亲人死了，还有责任
——武警张秋红

天灾无情，更显英雄风骨；不幸压顶，锻造铮铮铁汉。

他们是救灾者，他们也是受灾人，失去亲人的眼泪未及擦干，他们已经站在了救援一线。

特大地震发生后，武警驻川部队闻灾而动。27000余名武警官兵，兵发汶川、都江堰、北川、平武、茂县、理县、德阳诸方向，全力投入抗震救灾，把忠诚镌刻在巴蜀大地上。

张秋红是武警成都支队二大队副大队长。当这位有着14年兵龄的铁铮铮汉子率队解救都江堰一废墟中的幸存者时，他的父亲和嫂子就被埋在这片废墟中。十指揪心，痛苦至极，当战友合力将其父亲和嫂子的遗体挖出来时，他已经没有了眼泪，颤抖的身影依旧站在废墟的顶部，为能挽救更多的生命而指挥着……

对张秋红来说，这震后短短的几天如一个世纪般漫长。

"地震时我正在成都某中队指挥训练，当时并不了解都江堰的情况。"他回忆说，由于和都江堰失去联系，对于当时住在都江堰的父母、嫂子、妻子和孩子的情况一无所知，他一直在部队战备。直至当晚10点，支队始终无法联系都江堰中队时，决定让张秋红率队奔赴都江堰，一是让张秋红了解一下家人的情况，二是打探都江堰中队的现状和情况。张秋红冒雨打车来到都江堰观凤小区时，已是午夜时分，他在小区内大喊妻子的名字，雨中寻找40分钟后，终于找到母亲、妻子和6岁的女儿。顿时，一家人抱作一团，然而张秋红瞬间被噩耗击中:地震发生时，他的父亲和嫂子正在午休，没能及逃脱，被埋在了废墟下。

张秋红说："爸爸、妈妈和嫂子半年前才到都江堰，是为照顾我刚出生的女儿。"他老家在湖南常德，1994年服役到成都，就在都江堰成家。2007年9月左右，张秋红的父母和嫂子一起从湖南来到都江堰，照顾即将临产的妻子。当时，张秋红在观凤小区34栋为父母和嫂子租了套住房。

地震发生时，张秋红的母亲正巧在楼下晾衣服，眼睁睁看着住宅楼瞬间垮塌，母亲大声呼喊着老伴的名字，“母亲当时一动不动，任凭砖头砸在身上，全身都砸伤了，她坚信爸爸没事。”说到这儿，张秋红虎目含泪，但还是强忍住了泪水，用力眨了眨眼，望向远方。

尽管一家人都沉浸在悲痛中，但由于任务在身，张秋红12日午夜见到母亲后，来不及到废墟上看一眼，就匆匆赶往都江堰武警中队。当晚一整夜，他向都江堰中队传达了支队指示，再次回到观凤小区时，已经是13日清早。此时，他一个人来到掩埋父亲和嫂子的废墟前，再也忍受不住积压一夜的悲伤，放声大哭。“我得坚强，在家人面前不能哭，只有撑着。”他的声音越来越颤抖，张秋红再次泪水满眶。

5月13日整天，由于都江堰大雨磅礴，几乎所有解救现场都无法进行营救。当天中午，武警成都支队派张秋红到都江堰指挥解救，解救现场就是父亲、嫂子所在的观凤小区。眼看大雨不减，张秋红站在废墟前默默祈祷，整夜未眠。

5月14日上午，天气终于转晴，张秋红立即率队展开营救。官兵们用铁锹、十字锹和钢钎进行先期挖掘后，但是怕伤到废墟下的幸存者，只能进行徒手工作，搬起一块块石砖、刨出一堆堆灰土，张秋红双手不停地颤抖，“当时心里真说不出啥滋味，着急，眼泪一直在眼眶里打转，但还要忍住不能往下滴。”张秋红哽咽了………

当日下午4时，张秋红和战士们在刨出5具遇难者遗体后，发现了他嫂子的遗体。“她头上伤口很多，已经没救了。”张秋红看着从湖南赶来的哥哥，用力咬着嘴角，紧皱着眉头。废墟下究竟有多少遇难者？还有没有幸存者？这两个问题，让张秋红不得不暂时压制住内心的丧亲之痛，指挥战士继续进行营救。

5月15日上午11时，在成功解救出1名幸存老者、转移10具遇难者遗体后，张秋红沾满灰土的双手摸到了一片衣角，他本能地一愣，这是一片熟悉的衣角，瞬间他的视线模糊了，“爸爸！”他和五六名战士用手刨开父亲身旁的碎石、灰土，将父亲的遗体抬出废墟。张秋红边走边洒泪，场面令人极其揪心。

此时已是正午，支队特别为张秋红放了几个小时假，让他处理父亲和嫂子的后事。“请父亲理解我，一路上，我确实无能为力，部队任务所需，我不能陪你回湖南了。”跪在父亲遗体前，张秋红为父亲上了3柱香，低着头沉默许久。

而张秋红并不能亲自送父亲最后一程，他依旧在现场指挥解救，“废墟里还有别人的爸爸，别人的嫂子。”

“废墟里还有别人的爸爸，别人的嫂子。”这就是中国军人，一个平凡的中国军人，他们从未有过什么豪言壮语，也不追求什么名垂青史，就是这样的平凡，却让全世界看到了不平凡的中国军人的英雄气概——他们失去了最亲的人，却仍旧在一线保卫着祖国保卫着人民，舍小家为大家，这种精神，是中国军人的风骨，是中华民族的脊梁！

每个人在灾难来临之时都有机会作出自己的选择，这种一闪念的选择让我们看到人性美的闪现。对救死扶伤信念的认同使得郝兴军像李国林一样，把生的希望留给了其他父亲的孩子。

把希望留给其他的孩子

——北川民警李国林和南坝医生郝兴军

母爱和父爱的伟大与无私从来都是一个永恒的颂扬主体，但是在这场震天动地的大灾难中，我们面前却出现了这样一个人，他有着满满的父爱，却把这满满的父爱给了其他的孩子——他是一位平凡的父亲，更是一位让人感动的人民警察。

民警李国林舍子救人 博爱撒灾区

他叫李国林，43岁，北川县擂鼓派出所民警。英勇顽强的他舍己为人地救出了其他人的孩子，但他却没来得及救出自己的儿子。

地震发生后，李国林和同事奋力钻出废墟，想起儿子还在北川中学，李国林便找到一辆自行车，风驰电掣般赶往县城。儿子只有15岁，名叫李王自国，在初三(1)班就读，成绩优异，即将面临中考。当他赶到北川中学时，儿子所在的初中部五层教学楼已然变成了三层楼，原来的一楼和二楼都化为灰烬和废墟消失了。

“李王自国，你在哪里？”李国林拼命地呼喊，四处寻找。终于，在四根横七竖八的水泥预制板缝隙处，他分辨出儿子的声音。

“爸爸，我在这儿，快救我！”没有救援设备和机械工具，大家只能用双手刨砖渣救人，速度极其缓慢，而儿子，正位于废墟深处一丈多远，左腿被好几块水泥板压住，动弹不得，生死命悬一线。只要这时候再坚持一下，他的儿子就能够被揪出来。

这时候，用撬杠等工具打个洞，挖出儿子还是有希望的。但是有更多的学生容易挖，生还的几率更大，李国林毅然决然要求幸存人员从容易处挖起，先救外围的学生，以挽救更多宝贵的生命。

5月13日凌晨5点当李国林赶回北川中学时，“儿子还在呼喊救命”，消防武警也赶到了现场。然而不幸的是，直至当日中午，儿子声息渐无，14日凌晨3时许，李王自国终于被找到，但已停止呼吸。而正在此时李国林却已经成功救出了三十多条鲜活的生命。

李国林哽咽着说：“从小，儿子就认为我是英雄，引以为豪。”作为第一个赶到北川中学的公安民警，他成了师生员工可以信赖的对象之一，怎么干，大家都听他的。“灾情就是命令。尽管我知道有救出儿子的可能，但我应该以大局为重，去挽救那些更容易生还的孩子。”就是这样一个伟大的父亲把自己的博爱播撒给了更多的孩子。

这份沉甸甸的父爱，给其他的孩子带来了生的希望。这份无私的爱，让我们深深体会到了人民警察的坚强与伟大。

救死扶伤，让更多的孩子生存

当救援部队首次进入与外界断绝交通、通讯联系的平武县“孤镇”南坝时，在古龙村附近卫生站工作，今年36岁的南坝医生郝兴军双臂抱着女儿破损的红书包，已在倒塌的南坝小学前呆坐了三天三夜。女儿的遗体13日下午已经被挖掘出来，但他依旧不愿离去，他要等被埋的孩子都找到，因为这是他对自己的承诺。

南坝镇是绵阳市平武县除县城之外的第一大镇。可是，在地震之后，这里即刻变成一片废墟，全镇70%的房屋垮塌，剩下的也摇摇欲坠，更为严重的是镇上的很多群众被掩埋，惨不忍睹。

在所有受灾地点，镇上伤亡最惨重的是南坝小学——两座三层高的教学楼完全垮塌，全校870多名正在上课的学生死伤近半，到14日晚上，已死亡147人，失踪186人。

“我家离学校很近，一地震我就跑过来了。女儿的教室在二楼，我冲到砖瓦堆上时，还听见女儿在喊‘爸爸，我没死！爸爸，救我！’。”郝兴军指着一片狼藉的废墟说。

当时他知道女儿被压的位置，也听到了女儿的求救声，可是此时废墟里孩子们的呻吟声、求救声此起彼伏，这时他说，先救一个算一个，别人的孩子生命同样宝贵。可当他转身寻找女儿时，已没有了女儿的声音。

翻开从瓦砾堆里找到的郝璐妍的红书包，美术本第一页上，黑色的铅笔画着一个翩翩起舞的女孩——这是已经逝去的女儿的梦想。

郝兴军，一名普通的乡镇医生，在震后第一时间的抢救中，救死扶伤的信念让他将生的希望首先给予了别人的孩子，等他转身再呼唤女儿时，沉重的水泥板下已没有了无助的女儿熟悉而急切的求救声。

“女儿才六岁四个月，去年刚上小学。”每当说到这里，目光有些呆滞的郝兴军眼眶就湿润了，“我对不起女儿啊，可那时候听见别的孩子喊救命，我怎么能见死不救？”郝兴军低着头沉默了许久……也许，此时的郝兴军脑海中浮现的还是女儿的呼救声和最后与女儿见面时的情景。

人们无法想象此次地震中还有多少像这样的医生，把生的希望让给了其他的孩子。他是一名父亲，失去女儿的痛苦当然是刻骨铭心的，但是他在此刻的角色选择却让世人潸然泪下。他把自己首先看成了一名医生，而不是一名女孩的父亲。

这种父爱是伟大的，他的女儿在天堂中也不会怪他。这不再是一种简单的狭隘的父爱，而是在地震和灾难降临之时，把所有的孩子视为自己的孩子，努力为别人架起生存桥梁的大爱。每个人在灾难来临之时都有机会作出自己的选择，这种选择往往让我们感到人性光辉的闪现。对救死扶伤信念的认同使得郝兴军像李国林一样，把生的希望留给了其他父亲的孩子。试问，普天之下有哪位父亲不想让自己的孩子在灾难之后继续生存？谁不想把生的希望留给自己的孩子？可是，就是有这样的一些人能够作出牺牲，让世人赞叹他们临危不惧的选择！这一刻，苍天为之动容！

向天下所有的父亲致敬！

他默默地强忍伤痛，无私奉献，他毫无所求，没有私心，没有杂念。他以质朴、纯粹的行为诠释了什么叫奉献，什么叫做英雄。

平凡中的伟大

——北川武装部郑植耀

幸福的人都是相同的，不幸却各有各的不同。离开的人或许可以在天堂得到解脱，但留下的那个却要承受无尽的哀痛。一连几天，位于任家坪的北川县城，每到夕阳西下，人们都会看见一个身着迷彩装、略微有些谢顶的年轻人，神情呆滞地凝望着已是一片废墟的曲山镇。

驻守这里的特警对他已经很熟悉了，他们都不会来打扰他。他总是安静地凝望，不时哀痛地下跪，甚至伤心欲绝地号啕大哭。

他叫郑植耀，北川武装部一名普通职工，在12日的那场地震中，他全家7口就只剩下他一个。但从那时开始，他却一直战斗在抗震救灾的最前沿。

在北川，这场大地震之后，许多家庭支离破碎，全家遇难的也不少，但在好多熟悉情况的人眼中，很难有比这位叫郑植耀的年轻人更悲惨的。全家7口，就只剩下他一个，6个亲人，除了爹妈岳父岳母和妻子外，儿子才刚刚两个月。…

郑植耀说，他宁愿和他们一起离开，大家可以继续在另外一个世界享受团圆生活，“一个人活着是一种煎熬”。

然而，郑植耀仍然顽强地活着。因为，他有使命，他要战斗。

从12日地震中脱困到今天，作为北川武装部一名普通职工的他，就一直战斗在抗震救灾的最前沿。从废墟救人到转移伤员、弹药，再到为救灾部队当向导，以及下乡入户，他在所有人面前是刚强的，谁都没看到他掉一滴泪。但大家都知道，他扛得很累，害怕他哪天会突然崩溃。

把悲伤悄悄留给自己，只有郑植耀知道自己是怎么挺过来的。每天，他一个人悄悄到任家坪大哭一场，他会觉得好过一些；更重要的是，至今还未找到亲人遗体的他，仍然幻想着还会有奇迹出现。……

郑植耀是一名退伍军人。2005年转业到北川武装部成为一名职工。妻子是北川人，在北川县城外一个旅游景点工作，小日子过得甜甜蜜蜜。他们结婚后商量好，要生一个奥运宝宝。2008年3月，他们终于如愿得到一个胖儿子。爷爷奶奶为了天天能和这个乖孙子在一起，举家从绵阳三台搬到北川，和他们一起住，住在镇上的外公外婆也每天必来抱抱外孙。一家人天天在一起，其乐融融。

5月12日下午，当地震发生时，郑植耀正在家里午休起来上洗手间，准备马上去一墙之隔的办公室上班。正在这时，忽然“轰——”的一声，一股强大的力量将郑植耀晃晕过去。他被压在了洗手间里。很快，郑植耀被武装部幸存的人从废墟中挖了出来。当满脸是血的他回头望着原本4层、如今已经塌成废墟的宿舍时，忽然像疯了一般地冲向废墟哭叫道：“快救救我的亲人！”

废墟里一片寂静。什么声音也没有。他挖开废墟表面的砖块，却依旧听不到亲人的喊声，听不到亲人的呼吸。在旁边有更多人需要救援的情况下，他毅然放弃了对自己亲人的救援，加入了武装部救援队伍去抢救他人。

然而，在救人的间隙，郑植耀依然没有放弃寻找自己的亲人。13日一大早，他拎了一把铁锹回到埋着亲人的地方，希望有奇迹发生。然而，一锹一锹地挖下去，直至挖钝了铁锹头，挖破了手虎口，仍然什么也没有挖到，一家人温馨的场景还历历在目，而此时他们却都躺在冰冷的水泥板之中，而自己却无能为力。他不禁蹲在废墟上抱头痛哭起来。15日，当再次挖掘仍旧一无所获时，郑植耀意识到了最坏的结果，他心里知道，他的亲人们已经很难生存下来了。

郑植耀忍住失去亲人的悲痛，发疯地投入到了工作当中。地震后那两天，郑植耀就没有合过一分钟眼。从抢救废墟中的其他幸存者，接着又冒死返回弹药库转运弹药，还组织民兵搬运伤员和转移群众，在北川武装部，郑植耀俨然成了临时指挥员。无论是什么任务，浑身是血的他总是冲在最前头。

然而，武装部领导非常担心郑植耀的精神状态，建议他去成都的医院休息调整一段，顺便好好包扎一下身上的伤口。然而，郑植耀一口回绝了，他说，他必须战斗在北川，战斗在一线，因为他想离废墟中的爹妈妻儿更近一些，能够感受到他们还在自己的身边，更何况，北川还有好多像他这样失去亲人的群众需要他帮助。

下乡进村赈灾，搬运救灾物资，转送伤员，搬运掩埋遗体，许多角落留下了郑植耀的足迹。郑植耀发疯地用工作来麻醉自己，他一旦空闲下来，就会想到音讯全无的亲人们，就会伤心，就会难过，一连几天，他都常常在梦中哭醒。他害怕夜深人静，害怕独处，因为他抑制不住对亲人的思念。人一旦分开，美好的回忆就成为痛苦的梦魇，郑植耀常常在黑夜里对着星空祈祷，如果有来世，还要和他们在一起，永不分离。

郑植耀的事迹感动了周围的人。然而当北川武装部有心给他报功时，郑植耀却婉拒了，他没把自己当英雄，他说自己不想出名："我不想用亲人的死难为自己去赢得别人的同情，更不想沾他们什么光，我觉得那是对他们在天之灵的亵渎。"郑植耀觉得，自己所做的一切，都是出于责任，而与英雄无关。

郑植耀失去了所有亲人，然而他除了哀痛逝者，从不怨天尤人。他将自己毫无保留地投入到抗灾第一线，竭尽所能地去帮助那些像他那样受灾受难的乡亲。他默默地强忍伤痛，无私奉献，他毫无所求，没有私心，没有杂念。他以质朴、纯粹的行为诠释了什么叫奉献，什么叫做英雄。

有的英雄，可能在灾后重建之后，我们都不知道他来自何方，姓甚名谁，但正如王洪发所说，英雄们所做的一切，都是出自本能、出自良心。在大灾大难面前，方显大仁大义。

大灾面前，方显大义

——赈灾英雄王洪发

5·12 四川汶川大地震牵动着全国人民的心，举国上下集中一切人力物力支援灾区。在救灾现场更涌现出了无数感人至深的故事，“英雄”可以称得上是每一位救援人员的代名词。

王洪发，北川民政局局长，包括儿子在内的20位亲人被地震夺去生命。5月24日上午8点，王洪发正在北川中学的物资发放点忙碌，这位身高1.75米、长相英武的中年男人，一脸倦意。他说，再大的悲伤都只在心里，现在只能继续着作为一个党员、一个干部、一个男人应该做的事情。

2008年5月14日黄昏。那是王洪发第一次、也是最后一次在一天的抢险救援工作结束时，独自回到儿子罗宇航遇难的废墟上。暮色中的北川，废墟顶上的碎石仍有热气。顺着住宅楼因地震形成的山包往上爬，王洪发心里的痛，越来越深，双腿逐渐发软。在他42年的人生中，从来没有想过自己的16岁儿子，就这样离去。

泪眼婆娑中，王洪发来回地走，他根本不知道儿子究竟在什么地方，他只能来回地走，一声声地呼唤着儿子的名字。“宇航！宇航！”这个中年男人用嘶哑的声音呼喊着，希望奇迹能出现。然而，没有奇迹……王洪发跪了下来，磕下头去，一位父亲，在儿子遇难的地方，一次又一次叩拜!

抗灾、救援、抢险。5月12日震灾发生后，王洪发的工作就像一根紧绷的弦。他和妻子两家人失去了包括儿子在内的20位亲人。地震发生后，王洪发只是机械地重复着做一件事：救人！地震发生至今，王洪发只见过自己的妻子、大哥、二哥、堂侄和妻弟，这是家里为数不多的生还者。幸存亲人彼此间见面，交谈并不多：“我不知道堂侄现在在哪里，反正他活着就行。”

从王洪发家走到位于王家岩山下的民政局，需要10分钟时间。5月12日下午2时15分，他走了一半路程，遇见一个同学，闲聊一阵后向民政局走去，走到县人大附近时，平整的路面突然如巨浪般起伏，拱高的地面直接将他甩到几米开外。“地震！”王洪发刚从地上爬起来，又蹲下去，耳边是山崩

地裂时轰隆隆的怪响。震动消失，王洪发站了起来，双腿不断地发抖。王洪发不知道自己究竟是活着还是死了，他掐自己的手："感觉到痛了，相信自己还活着。"

5月12日，回县政府的路上，王洪发遇上了幸存的北川县长经大忠。经大忠正在组织幸存干部救灾，王洪发加入了这支队伍。和所有现场救灾的人一样，他泪流满面在县城里跑来跑去地救人，"那时所做的一切，都是出自本能，出自良心。"经过县民政局，办公楼已消失不见，只有半匹垮下的王家山。当时王洪发的判断是，整个民政局至少在山体下十几米的地方。县委办主任马云和副主任邓勇同时被压在一个废墟的水泥板内。邓勇说，当时我们使劲喊，县委组织部的王良波听见了我们呼救。王良波迅速找到在附近的王洪发，王察看后马上找来几个当地武警一起前来营救。王洪发等人硬是用几根钢筋在水泥板凿开了一个大洞，马、邓二人被成功营救出来。

地震发生后，王洪发没有离开过抗震救灾的一线。在北川县城和北川中学，随时可以看到他的身影。王洪发内心十分焦灼："妻子至今没有原谅我，估计处理完所有的事情后，亲戚间来往会很少。"

地震发生时，王洪发在电力公司工作的妻子已调往桂溪所，幸免于难。到昨日为止，他与妻子见面的时间只有几分钟，通过一次电话。他知道，妻子会因为儿子而恨自己，王洪发的岳父家是大家族，20位亲人辞世，王洪发根本没时间去探望。

王洪发身后是北川中学教学楼的废墟，说起儿子，他眼里闪着泪光。他调整情绪，深深地呼吸："在北川中学，看到那些高中生的尸体抬出来，每从我眼前走过一个，我的心就会痛一下。"儿子，是北川中学高一的学生，当日因病假未来学校："如果他没生病来了学校，估计也逃不过。"妻子娘家，从妻子那一代开始已经没有男丁，儿子是同辈人中惟一的男子，因此，儿子随了妻姓。灾难之后，为寻找儿子，妻子娘家活着的人几乎都来了，只有王洪发在别处救援。

5月12日下午5时许，王洪发按领导分工，再次走入北川县城救援。在距离儿子所在楼房两三百米的地方，他望了一眼说："完了，人死了。"5月13日，王洪发从县城往北川中学赶，走到县城口遇上妻子。两个人同时问了一句："看到宇航没？"两个人同时摇头，失声痛哭。大哭过后，王洪发对妻子说了一句："你在这里等，我还有事，我先走了。"甩开大步，王洪发赶到北川中学继续救援。

5月14日，王洪发接到妻子的电话："就算是养只鸡死了，你也要怄两天嘛。儿子不在了，你连他死的地方都不去看一眼，太狠心了。"电话这头，王洪发说不出话。从那天以后，王洪发再也没有接到过妻子的电话，他也不清楚妻子究竟在哪里。他只是，继续着作为一个党员、一个干部、一个男人应该做的事情。

直到5月18日夜里，接到大哥的电话，大哥越安慰他就越伤心，到最后，痛快淋漓地大哭了一场。

王洪发很忙，在北川中学操场边，他不停地在说话，不是在分配工作，就是在接电话。随时还要接待前来咨询、解决问题的各乡镇干部和受灾群众。走在路上，王洪发握紧拳头，不断地在捶打自己的腰背。他只有42岁，却有人说，他已憔悴得如同60岁。王洪发无所谓，他把一条擦汗已擦得看不出颜色的毛巾搭在肩上："哪怕我80岁，活下来了，扭得动我都要做事情。"他转过身，向坡下冲去；停住，回头对着记者大声嚷嚷："不要报道我个人，这里每个人都跟我一样，还有比我更优秀的。"王洪发希望媒体可以多为北川呼吁，他说

的最后一句话是，“我们自己要更努力地重建家园，只有这样才对得起那些死去的人。”

像王洪发一样的英雄，在北川随处可见。我们相信，在汶川、青川、都江堰、彭州、崇州……在四川每一个有灾情的地方，都随处可见。有的英雄，可能在灾后重建之后，我们都不知道他来自何方，姓甚名谁，但正如王洪发所说，英雄们所做的一切，都是出自本能、出自良心。在大灾大难面前，方显大仁大义。

他告诉自己要好好工作、好好生活，帮助更多的人，给他们信心勇气。孩子走了，却永远地留在了父母心中。

“儿子在我心中”
——民警邓波

黑黑的脸庞，高高的个子，说起话还是那么大嗓门，乍一看，根本看不出这个34岁的男子刚刚经历了丧子之痛，但是他一直强忍失去亲人的悲痛，全身心地投入到抗震救灾的第一线。

12日14时28分，正在办公室写材料的邓波突然感到办公楼在剧烈摇晃。

当地震在这个城市肆虐时，无数生命被废墟瓦砾掩埋，目睹被毁灭的城市，邓波没有时间多想家中的妻儿，太多的人需要救助，太多人等着握紧他们的手。邓波和两位同事仍然留守在派出所的院子里，以便于群众有事需要帮助。

“那边有个太婆脚断了！”听到从派出所跑过的群众的呼喊，邓波冲出派出所直奔过去，一位看上去年过七旬的老婆婆正在地上痛苦地呻吟，她的小腿

被砸断，血染红了她身边的土地，邓波连忙将老人背到派出所的院子里。

生命的救援刻不容缓，刚刚安置好老人，一位中年妇女冲进派出所，嘶哑着呼喊："请帮忙救救我的女儿，我家的门打不开了，我女儿还在五楼上！"闻言，邓波满面汗水地跑到派出所旁的阿坝州林业木材联营公司家属区，在不断掉落的砖瓦中冒着余震的危险一口气冲上五楼，这名妇女的家门在地震中已经严重变形。"救命、救命……"里面的女孩不断地拍打着房门，声嘶力竭地哭喊着。"不要慌，我们来救你了！"邓波一面抚慰女孩，一面用群众找来的钢筋拼了命地撬门，时间一分一秒地过去，此刻每一分钟都显得那么漫长。终于，门开了，女孩得救了。

邓波没有让自己有休息的机会，立即赶去救其他人，这时候时间就是生命，就是希望。一位大爷又气喘吁吁地跑来了："快，那边有个妇女被压在废墟下了……"邓波又奋不顾身地朝废墟跑去，眼前的一幕让人心碎：一大块预制板压在一位30来岁的妇女身上，她呻吟着。邓波和一些群众试图将预制板抬起来，但无奈预制板太沉了，根本没有丝毫移动，他们无能为力，邓波冷静思考着，念头一闪，"通过电台与指挥中心联系！"邓波又跑回派出所，通过电台迅速向当地公安指挥中心求援。

在一个个生命被挽救的时刻，邓波心中充满了欣慰，同时也掠过一丝不安。"邓波，你爱人来了！"一位同事大喊了一声。邓波本以为是妻子因为胆小才跑来了，但是看着早已哭得满面泪痕的爱人张娟，邓波瞬间就呆住了，"娃娃被压着了，走了……"只说完这句，张娟就昏了过去，邓波只觉得双腿一软，脑中一片空白，眼前的世界只有黑与白，没有了任何颜色。

地震发生时，6岁的儿子邓沛正在位于新建小学对面的幼儿园爱心亲子园里睡午觉。孩子睡在下铺，地震中，床垮了，孩子没有逃开，砖瓦正好压在胸口上……孩子像是睡着了，张娟把孩子抱起，冲向附近的一家职工医院，医生很无奈地再次确定，小邓沛离开了。

张娟断断续续地哭诉着，孩子的爷爷和外公都已赶到，她这才让两位老人守护着孩子的遗体，跑到幼儿园找孩子的爸爸……得知噩耗后，邓波来不及擦干泪水，他决定，努力让别的幸存者活下去！

孩子走了，但邓波身上还有任务，守住所里的枪支。他把孩子软软的身体抱在怀中，用自己的体温温暖冰凉的孩子，“别怕，有爸爸妈妈在，不会冷！”邓波和妻子在派出所守了一夜，儿子也陪着他们。

孩子走后的第三天上午，遗体被火化后。邓波又冒着生命危险，奋不顾身地抢救群众，当天下午，他向所指导员报到，领受了新的任务：看护高科加油站。邓波拿出手机，看着照片上虎头虎脑的小乖乖，两只眼睛大大的，摆了一个靠近镜头的造型，他内心最柔弱的部分被再次触动，酸酸的，说不出来的心疼……“娃娃眼看就要上小学了，天天在家里头念，要在太平街小学上小学，中午可以到爸爸那里吃饭。”和很多父亲一样，说起儿子，邓波也是滔滔不绝。也许邓波的心中，儿子还没有走，还在等他下班………

邓波在悲痛面前，勇敢地站了起来，他说，“孩子虽然不在了，但所幸家里的老人没事，他和妻子更要把老人照顾好。”他告诉自己要好好工作、好好生活，帮助更多的人，给他们信心和勇气。孩子走了，爱却永远地留在了他们心中。

在这次地震灾害中，很多民警失去了亲人，他们强忍悲痛，坚守在工作岗位上，以自己的行动让神圣的警徽在灾区闪耀生辉。

第二章 生死**不离**

有一份感情叫亲情，它朴实无华却又惊天动地；有一份感情叫爱情，它细水长流却又刻骨铭心。面对灾难，死神来袭，柔弱的情感瞬间坚强，多变的情绪瞬间执著，紧紧握住挚爱的双手，我们生死不离。

生死不离，这是父母的呐喊，这是儿女的渴望；生死不离，这是爱人的低语，这是夫妻的希冀。还有什么，能比生死之约更令人感动；还有什么，能比海誓山盟更令人陶醉。让我们在这个时刻铭记，拥有和珍惜，是爱的真谛！

在这次惨绝人寰的、连上帝都无能为力的汶川地震中，大地和天空都坍塌了，中国母亲却用自己柔弱而坚韧的躯体撑起了另一片生命的天空。

宝贝，妈妈爱你
——地震中伟大的母亲

母亲，一个熟识亲切的称呼；母亲，是平凡的，因为多数母亲和普通女性一样，默默无闻地工作生活；母亲，也是伟大的，因为她承载生儿育女的天职。世上有多少的母亲，天下就有多少感人的故事。

当短信成为人们日益普遍的联系方式的今天，也许没有多少人会在意一条普通的短信在传递完必要的信息后是否会有保留的必要。但是，在“5·12”大地震后，也许所有的中国人都会永远记住这样一条没有发送出的短信：

“亲爱的宝贝，如果你能活着，一定要记住我爱你。”

这条短信来自一位用自己的身体为孩子构筑了一丝生命空间的母亲。她被压在垮塌下来的房子下面。人们看到她被压得变形了的身

体保持着这样的的姿势：双膝跪着，整个上身向前匍匐着，双手扶着地支撑着身体，有些像古人行跪拜礼。救援人员向她喊话，却没有回应。她已经死了，救援人员也准备离开前往下一处地点。

当人群走到下一个建筑物的时候，救援队长忽然往回跑，边跑变喊“快过来”。他又来到她的尸体前，费力地把手伸进女人的身子底下摸索，摸了几下，他高声喊：“有人，有个孩子，还活着。”经过一番努力，人们小心地把挡着她的废墟清理开，在她的身体下面躺着她的孩子。孩子被包在一个红色带黄花的小被子里，大概有三四个月大，毫发未伤。抱出来的时候，小家伙还在安静地睡着。随行的医生在被子里发现一部手机，屏幕上有一条已经写好的短信：“亲爱的宝贝，如果你能活着，一定要记住我爱你。”

在场的每个看到短信的人都落泪了。由于通讯遭震灾破坏，这是一条无法发出的短信，也可能是这位母亲用最后的力气写完这短信就离开人世，到天国去了。这条短信不仅留在了废墟中的手机上，也永远留在了所有中国人的记忆中。

世间最伟大的爱，是母爱。孩子，当你长大了，希望你还能看见这条短信，想象当时你的妈妈是怀着什么样的心情、在什么样的环境下，给你写这条短信的。

“世界上的一切光荣和骄傲都来自母亲。” 童年的时候，老人们也常给我们讲这样的故事：每一位母亲曾经都是一个漂亮的仙女，有一件漂亮的衣裳。当她们决定要做某个孩子的母亲，呵护某个生命的时候，就会褪去这件衣裳，变成一个普通的女子，平淡无奇，一辈子。可是，地震没有给这些母亲完整的生命轨迹，没有陪孩子走过一生。她们再没有机会教孩子蹒跚学步、用勺子吃东西、穿衣服、绑鞋带、洗脸、梳头，还有做人的道理；她再也不能给予这些孩子最真挚的情感和无私的奉献；妈妈走了，她再也不能用一个温暖的港湾来抚慰孩子恐惧的心理，再也不能用一个宽大的怀抱来为孩子的未来保驾护航；妈妈走了，她再也不能告诉孩子要坚强，坚强得足以认识自己的弱点；妈妈走了，她再也不能告诉孩子要勇敢，勇敢得足以面对恐惧；妈妈走了，她再也不能告诉孩子要堂堂正正，在遇到挫折时能够昂首而不卑躬屈膝；妈妈走了，她再也不能告诉孩子要正确面对掌声，在胜利时能够谦逊而不趾高气扬；妈妈走了，孩子在人生道路上孤身前行……

一句“亲爱的宝贝，如果你能活着，一定要记住我爱你”，也许我们想到了自己的母亲而使我们泪流满面，但是请记住：“哪一个人的妈妈都是我们的妈妈，哪一个孩子都是妈妈的孩子。”这一刻，幸存孩子的母亲，是天下所有母亲的楷模，向所有人展现着最高贵的母亲形象；这一刻，她是儿女，所有天下父母的儿女，用生命筑起通向希望的桥梁，也同时诠释着和演绎着儿女的责任；这一刻，她是天使，这种大爱无言的精神境界值得全社会学习，在无形中体现着民族精神和人性的高贵；这一刻，她更是凡人，她和所有母亲一样淳朴，出自母爱的天性，在灾难来临之时，舍弃自己的生命，换取孩子的新生！

这个幸存的孩子太小，也许根本不会记得自己母亲的样子，但是那份温暖、那份感觉将会伴他一生。也希望他能铭记一生！更希望每一位活着的人都能够善待自己的母亲和孩子！

在另一处救援现场，志愿者龚晋看到这样的场景：一名年轻的妈妈双手怀抱着一个三四个月大的婴儿蜷缩在废墟中，她低着头，上衣向上掀起，已经没有了呼吸，怀里的女婴依然惬意地含着母亲的乳头，吮吸着。在母亲粘满灰尘的双乳中，女婴的小脸红扑扑的。很难想象，这位母亲在弥留之际怎样将乳头

放进女儿的嘴里；更难以想象，一个死去的妈妈还在为自己的孩子喂奶。如果没有龚晋这位见证者，我们根本不相信会有这样的奇迹。是的，这是奇迹，是母亲用爱创造的奇迹。也只有爱，才能创造这样振聋发聩的奇迹。

这两位母亲，她们朴实无华，人们或许不知道她们的名字，但她们用爱的姿势书写了人间最美丽的诗篇。女作家冰心写道：我是红莲，你是荷叶，当心中的雨点来的时候，除了你，谁是我在无遮拦天空下的荫蔽？在令人悲怆的地震中，那些母亲，那些苍翠的荷叶，却以最坚强的姿势撑起了一片生命的天空，给孩子。

我看过那幅在网络上被四处转载的照片，一位母亲在绵竹市汉旺镇一所在地震中倒塌的中学废墟中，凄怆呼唤尽快救出埋在废墟中的儿子。在人类灾难面前，那些用整个心灵呼唤孩子的母亲，她们的两行泪，一行是黄河，另一行是长江。

想象照片中的女警掀开衣服，露出乳房，用甜美的乳汁喂哺遭受劫难的娃娃，不会有丝毫的犹豫，所有一切都是那么的自然，那么的顺理成章！5月16日，四川江油县公安局女民警蒋小娟在地震灾民庇护所为一名地震灾区孤儿喂奶。蒋小娟义务为一些急需哺乳的地震灾区孤儿喂奶，却把自己才六个月、同样需要母乳喂养的孩子交给父母照料，这是天下母性的大爱，希望这些今后长大的孩子永远记住这位伟大的妈妈。由于这位母亲的爱心，特别令人感动，因此她的乳房被网友称之为最美丽的乳房。

曾读过美国作家克里腾的一篇《母

亲的价格》的文章，文中说如果把母亲所做到的各项工作量化，母亲相当于一种“技术性的中级管理”工作着，如果母亲的工作可获薪水，合理的年薪约为6万美元。

克里腾没有来过汶川地震后的中国，如果她看到废墟中那些中国母亲，或许会修正自己的看法：母爱是无价的。上帝不能到每家，于是他创造了母亲。在这次惨绝人寰的、连上帝都无能为力的汶川地震中，大地和天空都坍塌了，这些中国母亲却用自己柔弱而坚韧的躯体撑起了另一片生命的天空。

微微蜷曲，蜷出了人性的光辉；微微蜷曲，蜷出了最深沉的母爱！微微蜷曲，蜷出了我们内心最柔软的情感；微微蜷曲，蜷出了世人对天下所有母亲最诚挚的敬意！

致敬，以生命的名义向那些保护孩子的母亲！致敬，以生命的名义向黑暗中寂灭的生命！当突如其来的灾难无情地摧残着脆弱的生命，残垣断壁之下的生命意志见证着执著、不屈、坚韧和渴望。这种生命奇迹的共同记忆，留给了人间一曲永恒的生命礼赞！在所有这些不能忘却的纪念中，在所有生死边缘的记忆里，那些死去的母亲生给孩子、死与自己的崇高，让我们知道了生命最真切的含义。记住这些爱吧，还有这些普通生命绽放出的温暖光辉，这是一个民族最崇高的精神境界。

透过这些婚礼上的定格镜头，足以让我们读懂“万众一心、团结互助、众志成城、同舟共济”的深刻内涵，让我们感受到一种人间真情和真爱。

一个人的婚礼

并不孤独的新娘邱媛媛

2008年5月16日18时46分。

成都彭山机场：来自南京某陆航团的飞行员饶新和战友整装待发，只待领导一声令下，立刻奔赴抗震救灾第一线。

南京金陵饭店：这里正在举行一场隆重而又特殊的婚礼，宾客悉数到场，却独缺主角新郎，因为这个新郎正是飞行员饶新。

当身为陆军航空兵某部上尉飞行员的新郎饶新临时取消休假，紧急奔赴四川地震灾区救援时，新娘邱媛媛毅然决定，婚礼在16日晚如期举行。

“他在前方为灾区出力，我也应该在后方尽一份力。小爱变大爱，这个新郎“缺席”的婚礼更有意义。”新娘的心愿是这样的诚恳。

“很多人劝我推迟婚礼，因为婚礼是两个人的事。但我觉得这特殊时刻的婚礼有特殊的意义。”让新郎安心去前线救灾，呼吁更多亲朋好友支援灾区是她坚持“一个人的婚礼”如期举行的动力。

没有新郎的亲吻，没有缠绵的表白，在人生如此重要的大事上，他们选择了服从大爱。婚礼上，新娘的父母把女儿交到了新郎父母手中。新郎的母亲代替儿子把象征婚姻的戒指戴上新娘手指。

“你是世界上最好的女孩，我会用一生好好爱你。”新郎从遥远的电话那头歉意和安慰的话语，让新娘泣不成声。

“你在那里好吗？婚礼如期举行，你不要担心我，好好工作，我等着你凯旋归来。”新娘用坚强的话语让新郎放心。

新郎在前线救灾，新娘在后方捐款。婚礼上，新娘代表两家人向灾区捐出2万元礼金。小爱成大爱，点燃一片爱。举办婚礼的南京金陵饭店把婚宴收费和当晚全体员工工资共10万元捐给了灾区，筹办婚礼的南京皇家婚庆公司捐出了近8000元婚庆费，南京婚庆协会现场向地震灾区捐款3.1万余元，主持婚礼的司仪也捐出了当晚1500元收入。

穿上洁白的婚纱，走入婚礼的殿堂，由爱人戴上戒指，这是每一个女孩的梦想。作为军人的妻子，邱媛媛无怨无悔。“我想此时此刻，灾区的人民比我更需要他。我惟一的心愿，是祝福丈夫早日平安归来。”

危难时刻见真情，大爱沐浴同胞心。面对突如其来的地震灾难，一场凝聚亲情、传递爱心的全民动员正在全国各地迅速展开。全国人民万众一心、抗震救灾的一幕幕场景，每时每刻都有一种感动令我们热泪盈眶。如今，出现在南京的“一个人的婚礼”不仅再次感动了南京，更感动了中国。

结婚是人一生中的一件大事。正如新娘邱媛媛所说，“穿上洁白的婚纱，由爱人戴上戒指，这是每一个女孩的梦想。”但是，身为军人的新郎饶新为了支援抗震救灾，毅然取消休假，紧急奔赴四川地震灾区救援，作为军人的妻

子，她无怨无悔。“我想此时此刻，灾区的人民比我更需要他。我惟一的心愿，是祝福丈夫早日平安归来。”这并不是什么豪言壮语，却足以震撼人的心灵，让我们从中品尝感动的滋味。

个人的经历或行为，代表了社会发展方向、社会价值观取向以及时代精神。在我们的社会日益走向多元化的今天，人们的思想认识和价值选择都在发生深刻变化。这是社会发展的必然，也是社会文明进步的表现。但无论社会怎么发展变化，坚定的信仰、崇高的行为永远都是一个民族和谐兴旺的希望所在。

丘吉尔曾经说过：“高尚、伟大的代价就是责任。”责任，是为人民服务的政府所具备的优良品质，也是每一个公民都应具有的品质。做一个负责任的人，也许意味着牺牲自己奉献社会，也许意味着慷慨解囊、无私援助。就像前来参加婚礼的新娘同学所说的，“新郎的责任和新娘的坚强让人敬佩。”是啊，“一个人的婚礼”见证了地震无情人有情，新郎新娘用崇高的行为再次证明了他们是负责任的人，是以服务他人、奉献社会为荣的人。

虽然只是一个人的婚礼，但新娘并不孤单，有上千名网友在线观看了婚礼，他们与现场嘉宾一样，送出了最美好的祝福。“祝福这对新人，愿新郎早日平安归来。”“所有人都会为你们祝福，你是最美丽的新娘。”“心中有大爱，好人有好梦”……两位网友还赶到婚礼现场，给新娘送上了“爱心靠枕”等礼物。当小爱成为大爱，就将点燃一片爱。

透过这些婚礼上的定格镜头，足以让我们读懂“万众一心、团结互助、众志成城、同舟共济”的深刻内涵，让我们感受到一种人间真情和真爱。让我们为“一个人的婚礼”祝福吧，祝福这对新人，祝福灾区人民早日重返家园，也祝福我们的祖国永远繁荣昌盛。

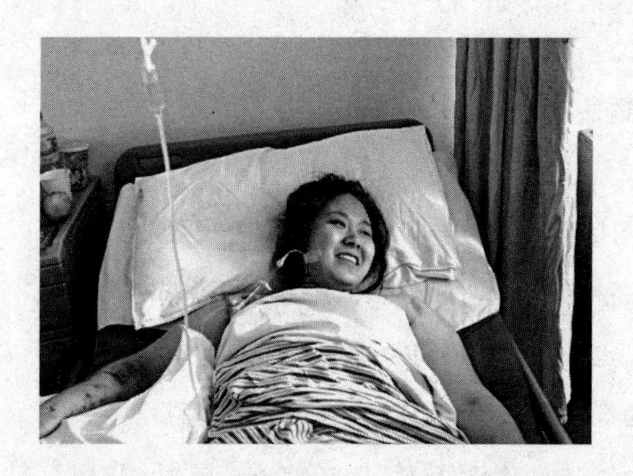

无论有多少困难摆在面前，有多少艰辛横在前方，爱将永恒。

因为爱，所以爱
——让灾难见证爱情

爱情之所以神圣，是因为它如天堂般飘渺、洁白、纯净，让人心生向往。在灾难面前，爱不变，地震可以摧毁一切，但摧毁不了真情。

“今晚的月亮真圆啊！”当贺晨曦从银行废墟被救出来时，她已被埋104个小时，虚弱、疲惫，但她仍对未来充满希望，一个瘦弱的小伙子飞奔跟随着贺晨曦的担架，并脱下自己的短袖衬衣盖在被救女孩身上。医生给贺晨曦输液时，光着膀子的男孩还不停地对女孩调侃：“现在有两种饮料给你输，一种是可乐，一种是营养快线，你选择哪个呢？”一句话逗乐并感动了很多人，他们的爱，很平淡；他们的爱，很绵长……

地震发生时，从成都来北川看望女友的郑广明正在女友宿舍上网，他和女友仅仅分开了十分钟，但突如其来的灾难让人不知所措，“那一瞬间房子就倒塌了一半，楼梯没有了，就剩我那个房间没倒。我第一反应就是拿起电话联络她，但是没有信号。我沿着废墟下楼去，开始找她叫她的名字。”空荡的楼道只有郑广明的声音在飘荡，虽然没有回音，但是他一直都相信她没事，相信她一定活着。宿舍离银行步行要十几分钟，郑广明来来回回找了三遍，每经过一片废墟，他都要大声呼喊女友的名字。因为听女友的同事说没有看到她进办公室，郑广明后来把寻找的重点方向转向人群聚集的地方，时间一点点溜走，他一路走一路问，直到跟随人流出了北川来到绵阳，多方打听后到了女友父母住的地方，从天而降地出现在从未谋面的女友家人面前，在挽救生命面前，没有人怀疑他的真心，可是，女友并没有回家。

原来贺晨曦在银行的地动山摇中昏死了过去，当她醒来时，全身都痛，她发现黑暗的空间里，两位同事顶在自己的背上和腰上。她想，我一定要活着出去。昏睡后，她醒了就静静等待，死神在周遭徘徊，时间流逝，两位同事先后没有了声息，她要逃出孤独的世界，她要等待亲人的解救。尸臭扑鼻，但凭着坚强的意志，她耐心地等待着。

“绵阳没找到，我马上想到她很有可能就在废墟里，那时北川已经封锁，余震不断。还好她们单位组织了救援队，我跟着救援队的车回去了。一进北川就听见有人喊说农业发展银行的大楼有生还者。”郑广明赶到北川后，直奔银行，他声嘶力竭地冲着里面喊她，一遍遍，每一片废墟，风嗖嗖地吹着，除此之外，没有人回应。突然间，一个微弱的声音，她回喊了！她还没有离开，听到郑广明的声音，废墟下的她异常激动，因为她本以为郑广明死了，而如今他却是毫发无损地来救她。一对恋人在灾难中幸运地得以重逢，他们的爱，经受住了生死的考验！

救援过程中，郑广明担心女友睡着，不停地陪她聊天，回忆以前开心的事情，向往着以后的生活，“咱们结婚吧，你喜欢中式婚礼，还是西式的？”“你出来以后我们去哪儿玩？”郑广明拿着电话，从凌晨到晚上10点零8分成功救出，他不间断地透过废墟的缝隙与她聊天，一共陪了在废墟里的女友18个小时，同时农行总行的郑晖行长交待人买了葡萄糖，已经救了24小时人的江苏无锡来的消防中队仅仅休息了一个小时就赶往这边救援，在两米多高的位置向下面作业，“没有他们不会有晨曦的生命，没有他们，我喊死她都救不出来。银行营业大厅里的水泥、防盗门这些都堵得非常结实。我想告诉大家，很多媒体都报道是爱情救了她，但事实是，不光是爱情，更多的是大家的力量救了晨曦。”的确，在场的人都在鼓励她、支持她，社会各界的帮助让更多的生命留在了亲人身边。

地震留给了我们太多的痛苦，同时，我们所有中国人众志成城，抗震救灾的一幕幕又留给我们无限感动。为什么我们总是被这样的声音、这样的画面感动？为什么我们因此而眼含热泪？因为我们爱这块土地……无论有多少困难摆在面前，有多少艰辛横在前方，爱将永恒。

那些猜测让我胆战心惊，
那些思念让我丢失了魂灵，
你是我的惟一，
这个时候，我才知道，
我们一万年都不能分离！

如果有来生，也许他们还会是一对夫妻。“我爱你，以我的双臂和肩膀，以及男人全部的力量。”他用行动实践了这句誓言。

最动人的情话
——地震中的夫妻情谊

他们是最为普通的夫妻。也会为了柴米油盐吵吵闹闹，也会为了生计、孩子忙忙碌碌。他们没有轰轰烈烈的爱情，平平淡淡的相识使两个人走到了一起，从此相濡以沫。他们没有精力去一起走南闯北遨游世界，也没有心情去享受烛光晚餐为生活增加情趣。然而，他们的夫妻情谊却丝毫没有缺损一丝，低廉一分。在那关键的时刻里，就连他们流露真情的方式都是那么朴实无华。但我们却为之久久动容，反倒觉得自己此刻显得如此卑微。

汶川地震中让我们看到了许多这般“中国式的夫妻情谊”，他们或是携手共渡难关，或是生死两隔依然情系其间，或是一起承受死亡的恐惧。一切来不及表达的甜言蜜语可能都因死亡或错过或冰封。但我们分明听见他们之间的低语：“如果有一天将要离开这个世界，我希望最后的归宿是在你的怀里。即使喝下那碗奈何桥边的孟婆汤，我依然相信我们之间的情谊永世长存。”

你在那边等着我

北川某山村，救援人员在废墟中没有发现任何幸存者，只找到了十几具尸体。于是，救援人员只能怀着沉重的心情挖出了一个大坑，打算让死者入土为安。这时一个男子跑了过来，救援人员出于安全考虑打算劝他离开。但他脸色苍白地说：“那是我家房子，我老婆的尸体可能被你们挖出来了，我想送送她。”救援人员没有再说一句话。

男子来到了一排尸体前，一眼便认出了身体已经被砸得残破不堪的妻子。他点燃了一支烟，抽了起来。转过脸去望着远处的山，没有说一句话，谁也没有看见他脸上的表情。几分钟后，男子来到救援人员面前说：“可以麻烦你们一下吗？我想在旁边再挖一个坑，把我老婆葬进去，这样以后我还能够常常来看她，祭拜她。行吗？如果你们还有工作，我可以自己来干。”救援人员没有拒绝，纷纷拿起铁锹。很快，一个长两米宽一米的方形坑便被挖了出来。男子抱起妻子的尸体，小心翼翼地将妻子安置在坑床上，然后自己一个人把妻子埋

了起来。他在妻子坟前蹲下，又掏出了一支烟，吸了起来，两行泪水不知何时已经从眼角涌出。一支烟后，他擦干泪，站起身来，说：“幺妹，你在那边等着我，我马上就会过去找你的。”救援人员听后，都忍不住转过身去，害怕自己也会哭出来。

男子从兜里拿出了一盒没有开封的烟，打算送给救援人员。但救援人员坚持不要，男子便向救援人员一一道谢，然后一个人寂寞地离开了，他的背影看起来如此的孤独、忧伤。

救援人员随后便继续开展刚刚被打断的工作——掩埋尸体。但他们的动作是那么地小心，仿佛心中怀着无比的尊敬和哀伤，仿佛那些尸体便是自己的亲属、家人。没有人说话，安静得让人想哭。……

男子送走了妻子，也送走了自己的爱。尽管此生从此无法相守，但他相信死后还能再续姻缘。

我要给你最后的尊严

2005年5月15日英国《每日电讯报》刊登了一组图片，记录下中国抗震救灾过程中的一个个感人瞬间，那一张张渴望活下去的脸，那一片片破败不堪的家园，但不止这些，温情、人性的光辉也透过这些图片散发出令人心痛的光芒。

地震过后，他终于在废墟中找到了自己死去的妻子。然而他却拒绝把妻子就地掩埋。于是，他给妻子找了一套干净漂亮的衣服换上，用绳子将妻子的尸体绑在背上，骑摩托车载着妻子的尸体前往当地的太平间。在极大悲痛的折磨中，他努力要给予也是他唯一能给妻子的只有死后些许的尊严。

有人说，悲伤至极不会有眼泪。我在他的脸上看到的正是这样的情形——

他的心在流血，但却一脸镇静。没人知道他的名字，要不是照相机捕捉到了这个瞬间，我们可能永远不会知道有这样一位深情的丈夫。

灾难过后，死去的人是不幸的，活下来的人也是不幸的。人世间最让人感到无奈、无力、无情的事情莫过于和亲人天人两隔。死去的人可以从此不再目睹悲惨，活下来的人却要独自承受悲伤。

我们到死也不分开

很多故事并不需要当事人来为我们讲述，一张图片、一个场景，甚至一句话都能让我们久久回味。

在汶川绵池镇一个灾后处理现场，一名抗震救灾指挥部的工作人员含泪讲述了不久前清理一处灾难现场的情形：在一块大石下，一名中年男子呈弓趴姿势保护着身下的中年女子，而女子则双手紧紧地抱住男子。男子的背部明显被巨石砸得已经变形，但是我们还是可以清楚地看出他的双手努力支撑着，想给女子在身体下留出空间。但不幸的是，两人都没有挺过这场灾难。然而两人的尸体确已无法分开，只好一起入殓。最后，我们能知道的仅仅是这是一对普通得不能再普通的夫妻，男的叫朱能，女的叫兰六妹。

但是看到这一幕，在场的每一个人都仿佛亲身经历了这场事故——一个普通的男子，本想替妻子挡住地震时飞来的巨石，独自赴难。然而没想到连这最后的愿望都没有实现，妻子与他共赴黄泉。

如果有来生，也许他们还会是一对夫妻。“我爱你，以我的双臂和肩膀，以及男人全部的力量。”他用行动成就了这句誓言。

杨杰，在灾难面前你已经逐渐成长，你永远不是一个人，我们是你坚强的后盾与依靠，“我不会放弃，那是我惟一的亲人”，我们也不会放弃，因为那是我们共同的亲人！

爸爸，我等着你回来

——杨杰的生死守望

每一个人的心里都有一块最柔软的部分，那就是对受难生灵的恻隐和同情之心。在灾难面前，中国人的心更加凝聚，无数令人动容的人和事在各处传颂……

5月19日下午2时28分，在什邡市云华镇一化工厂堆积石料的山上，一个孩子独自站着，面色苍白地对一片废墟的厂房低头默哀。

距地震发生已整整7天，7天里，他一直在此守候，守候着生命的奇迹发生，因为这片废墟掩埋了他惟一的亲人——父亲。

孩子叫杨杰，16岁，父亲杨志华在一离家40多公里的化工厂打工，在一次事故中压断3根手指。三年前，母亲因病辞世，父亲默默地担起了整个家庭与痛失爱妻的巨大悲伤，而平时活泼可爱的杨杰变得寡言寡语，与父亲相依为命。当失去母亲的痛被时间渐渐冲淡，命运又一次让灾难降临到这个几经风雨的家庭身上。……

5月12日的地震摇撼着杨杰学校的教学楼，剧烈的晃动下，老师领着同学都安全逃生了。余惊未了，眼前众多建筑物一如被摧折的旗杆般纷纷倒塌，杨杰的脸色更加惨白，坍塌的房子让他想起自己的家，自己的父亲。

大地依旧震颤，而杨杰已顾不上这些，跑过被地震摧毁的街道，他无心感叹触目惊心的景象，跑回家后，眼前呈现的是三间已严重倾斜的平房。杨杰慌忙用大伯的电话跟爸爸联系，电话无法接通。

“听说爸爸工厂所在地地震比较严重，我有种不祥的预感，便马上乘公交车赶往云华镇。”可因山体滑坡，道路、桥梁中断，杨杰只好徘徊着原路返回，那一夜，杨杰在自家院子里孤独地待着，想着爸爸坚强而有力的手臂，也想着妈妈忧虑而温柔的眼眸。余震一夜未停，他也一直祈祷着。……

5月13日5时多，杨杰再次急迫地联系爸爸，还是无法接通。然而幸运的是，去往云华镇的道路刚刚打通，杨杰忙拿包方便面乘车去爸爸的工厂，踏上了艰辛的寻父之路。沿路是扭曲的轨道、倒塌的房屋、滑落的巨石，还有奔忙于市乡之间背背篓的村民以及呼啸而过的救护车，他闭目祈祷着：“妈妈已早早离我而去，我不会这么命苦，爸爸一定安然无恙。”他仅仅盼望着——“爸

爸不要走，不要丢下我孤苦一人。”

化工厂已经面目全非，眼前尽是废墟，不少寻找亲人的家属呼喊着，夹杂着恸哭，杨杰眼睛湿湿的，他顾不上危险，围着废墟一声声地喊“爸爸”，大家纷纷投来痛惜的眼光，寻找亲人的呼声里多了这样一种童稚的声音，它透着焦急与担忧，依旧不放弃守候。

“当初自己好傻，喊‘爸爸’，场面那么嘈杂，爸爸能知道是我喊的吗？我马上改口——‘杨志华、杨志华’。”杨杰嗓子哑了，声音却丝毫没有弱，他用心倾听着，盼着再一次听到爸爸的声音，但是，长长的期待后却什么也没有。”许多尸体被挖出来，许多人在哭泣，许多人昏厥，但杨杰知道，他不能倒下去，爸爸需要他，他也需要爸爸。擦干泪水，他的声音坚定地飘在这片瓦砾废墟上。…

天色晚了，夜真的好长，长得让人只想流泪。一夜无眠，等到杨杰想入睡时，天又亮了，但是突降大雨，杨杰拿着一把伞，顾不上这么大的雨，他又上路了，结果与第一天一样，没有听到熟悉的声音，没有看到熟悉的面庞。擦一擦混杂着泪水的汗水，他无法想象怎样生存在没有亲人的世界上。

14日上午，紧凑的跑步声让杨杰不禁抬头，人民解放军和消防官兵来了，他感动得流下了热泪，又赶紧擦掉，他不是一个人，灾难，我们共同面对；生命，我们共同与死神赛跑！解放军战士从废墟中救出好多人，可始终没有爸爸，他还是选择了坚持，望着这片废墟，他握紧了拳头——要等到爸爸出来为止，他相信爸爸还活着。

“我不能放弃，那是我惟一的亲人。”在同龄人享受着家庭的温暖与父母的关爱时，杨杰担起了寻找父亲的责任，他不会放弃寻找父亲的信念，因为他坚信亲人不会离他而去。

杨杰发着烧，坚持在废墟前等了整整7天，其间，他查看了从中挖出的78具满面尘土的尸体，没有爸爸，他的心情不知是失落还是高兴，他毫无表情地望着那片废墟。…

“杨杰，那边又挖出一具尸体！”听有人喊，他忙从石板上跳下来，向运尸车跑去。“还不是，这已是第79具了。”杨杰又坐回原处，他摘掉口罩，然后拿出一个紫色塑料小瓶，里面装的是白酒，杨杰滴了几滴在口罩上，做了简单的消毒处理，然后继续呼喊。

杨杰说，如果再找不到爸爸，他将找遍四川所有的医院，一直找到为止。他不害怕，因为他相信生命的奇迹，相信父子情会超越死神的魔杖。

在这坚韧的父子面前，震灾变得如此卑微。有多少人在这废墟中寻觅，不放弃希望，我们相信，只要有爱，就会出现奇迹！杨杰，在灾难面前你已经逐渐成长，你永远不是一个人，我们是你坚强的后盾与依靠，“我不会放弃，那是我惟一的亲人”，我们也不会放弃，因为那是我们共同的亲人！

第四章 春泥护花

他们是辛勤的园丁，浇灌着祖国的花朵；他们是灵魂的工程师，塑造着完美的人格；在地动山摇的刹那，他们放弃了自己生的希望，以血肉之躯为孩子们支撑起了生命之门——他们有一个共同的名字：老师！

他们走了，破碎的衣服上还残留着粉笔的飞屑；他们走了，宽阔的肩膀上还扛压着千斤的重担；刻在木版上的名字未必不朽，刻在石头上的名字也未必流芳百世；老师，您的名字刻在我们的心灵上，是会永存的！

突兀瞬间灾难生，山崩地裂楼欲倾。众人逃生皆外跑，他却返楼救学生。生死一刻见精神，优秀教师吴忠红。

浩然正气铸师魂
——学生生命的守护神吴忠红

吴忠红是四川成都崇州市怀远镇中学的一位英语老师，面对突然袭来的地震和即将倒塌的教学楼，他选择回去营救逃生掉队的学生，不幸被埋在废墟之下。吴忠红老师在汶川大地震中不顾个人生命安危勇救被困学生的事迹感动了无数人。在吴忠红老师的追悼会上，崇州市委常委组织部长郑明鹏宣布：经中共崇州市委常委会第36次常委会研究、报请中共成都市委组织部批复，决定追认吴忠红同志为“中国共产党党员”。

灾难突降，一双温暖大手将死神一掌推开

英勇的吴老师在生死关头的那一掌，将怀远镇中学七年级(5)班的学生林霞从死神身边推开，让她得以死里逃生。“如果没有吴老师，我可能，我可能

……”每次刚一开口，林霞便已泣不成声。事发几天后，已数不清这是她多少次以泪洗面，嘴里总是不停地喃喃呼唤着“吴老师”。

2008年5月12日下午2点，是吴忠红老师的英语课。和往常一样，对于教学一丝不苟的吴老师，早早来到位于四楼第一间教室的七年级(5)班。提前到岗、认真备课，如此认真负责的习惯早已在同学中间传为佳话。虽然吴老师一向有些严厉，但是同学们还是十分尊敬爱戴他。

就在离下课几分钟时，灾难降临了，地板突然剧烈摇动起来，门窗发出“哐哐哐”的巨响，桌面上的文具被狠狠甩出去。毫无危险意识的孩子们，面对突然袭来的剧烈抖动，一下全傻了。“同学们，快跑！快点下楼，地震了！”吴老师撕裂着嗓子极力呼喊，以唤醒惊呆的同学们。

29个孩子立即起身夺路而逃，混乱中，坐在最后两排的白艳霞、付瑶、林霞看见离教室门最近的吴老师牢牢地将摇晃得很厉害的门框扳住，奋力引导同学疏散。林霞是最后几个跑出教室的学生之一。“快跑呀，林霞！”极度恐惧的林霞，被吴老师狠狠一掌推在肩上，将她从教室推向了走廊。吴老师一直紧紧地保护着他们跑到三楼。

就在这千钧一发的时刻，付瑶发现，将大家安全送出教室的吴老师，转身逆向人群朝四楼跑去。后来才知道，还有两名学生因恐惧仍滞留在教室里。一路呼叫狂奔，身后的墙面一路垮落，林霞、付瑶等人跑到二楼时，发现一楼的楼梯已崩塌，没有出路了，几名同学急中生智，从二楼教室外的平台上跳了下去。庆幸的是，在与死亡的赛跑中，她们胜利了。更为庆幸的是，正在这个教学楼里上课的700余名师生安然无恙。然而，学生生命的守护神——吴老师，以及另外3名来不及跑出的孩子，却被永远地压在了废墟中。

生死关头，只有一种选择 爱生如子守护学生

俗话说，在巨大的危险面前，快跑是每个人的第一反应，这与贪生怕死无关，因为求生是人的本能。但是，吴老师的英勇举动，却颠覆了一些人对本能的固有认识，因为在吴老师心中，在很多和他一样的教师心中，爱生如子，保护学生才是他们的本能。

“如果吴老师要跑，他可以第一个离开教室，他可以第一个离开最高的四楼，他可以第一个冲下楼，他可以第一个到达相对安全的操场。但他没有！”怀远镇中学的校长高列在地震后听着孩子们的哭诉，就知道吴老师可能已经出事了。因为和吴老师共事10年的他，实在太清楚吴忠红的为人——每个学生都是他的孩子。“吴老师回去了，吴老师回去了！”七年级(5)班班主任何琦至今清楚地记得，那些逃出来的学生将她团团围住，一遍遍地重复着这一句话。

抢险战士从废墟中找到吴老师的遗体时，已是地震发生后的第二天早上7时。随后，吴老师转身上楼营救的两名孩子的遗体也相继从瓦砾中被找到。

现场的人，全部哭成一片。因为吴老师被挖出来时，身体僵硬，面部一条很深的伤口，让人看着十分揪心。虽然当时那一幕已经没有人能够讲述，但是抢救人员根据挖出遗体的位置以及先后顺序，可以肯定地判断出，吴老师已将两名孩子护送出了教室，并在身后一直守护他们。只是灾害无情，他们并没能逃出死神的魔爪。

整个怀远镇沉浸在一片哀痛中。1998年，已执教18年的吴老师调任到具有160多年历史的怀远镇中学任教，今年刚好是第十个年头。从1980年参加工作至今，他已在英语教学岗位上奋战了28年。校长高列和吴忠红共事十余载，这期

间太多的故事以及吴老师已经离开的事实，让这位几乎没有流过泪的七尺男儿几度哽咽，“七年级(5)班的教室和楼梯紧紧相邻，是离出口最近的一间教室，讲台刚好对着门，从讲台出门下楼到操场，是最短的一条逃生通道。”高列说，如果当时吴老师抛下学生一个人逃生；如果当时吴老师没有冲回楼上；如果……但残酷却感人的事实，不会再有如果。……

千人送行，学生追悼：您教会我们“人”字的真谛

2008年5月21日上午，吴忠红老师的悼念会在其生前就职的学校里举行。上千名闻讯赶来的学校师生、百姓和吴忠红家属一起，送了吴老师最后一程，深深地缅怀这位英雄，这位恩师。悼念会设在怀远中学的升旗台前——也正是吴老师罹难的废墟楼左前方。走进会场，几乎全是吴忠红生前教过的学生们送来的花圈，在吴忠红遗像下面还摆放着几篮写满了学生们名字的菊花，场面令人十分感动。

哀乐声里，吴忠红遗像两侧的挽联尤显悲壮：

“灾难袭来，将生的希望留给学生；生死一线，用浩然正气铸就师魂。”

有人说，生命那么脆弱；有人说，生命不会衰落；有人说，生命十分有限；有人说，生命旺盛如火。然而，在四川地震的瞬间，人民教师用鲜血书写了生命的执著！那张开双臂下四个生命的鲜活；那用后背顶住水泥板下生命的存活；那忘掉自己生命一次次冲向危楼的壮举；那一心抢救学生而不顾失去自己亲人的失落；他们的身躯护卫出生命的重生，他们的鲜血孕育着生命的长河！

2008年的5月12日，我们不会忘记，天国飞回了无数的天使，那无数的天使中，我们永恒的记得，你是最美丽的天使之一。

灾难中陨落的天使
——最美的教师袁文婷

她叫袁文婷，年仅26岁，本来正是享受青春美貌的年龄，却在地震中为了抢救自己的学生而不幸遇难。

她是四川省什邡市师古镇民主中心小学一年级的教师，5月12日下午14点28分，她所在的小学三层教学楼因地震发生倒塌。全校6个年级12个班共500多师生，死亡12人，伤9人。她是地震中学校唯一遇难的老师。和她一块遇难的，是她张开的双臂下边9个一年级

⑴班的孩子，班上其他24名学生安好。 二、三楼仅死亡小学生2人，而身处一楼、距门口不到4米的袁文婷却没能跑过死神。

当灾难突然发生的时候，她所在班级里的很多孩子都吓得呆坐着，不知所措，有的孩子已经跑出去了，又因为忘记拿自己的水壶而返回来。不顾外面的尖叫呼喊声，也不顾自己的生命安全，为了最大限度地减少孩子们的伤亡，袁文婷一次又一次冲进教室，柔弱的双手抱出了一个又一个孩子。而当她最后一次冲进去后，楼房完全垮塌了。后来当搜救人员挖出她的遗体的时候，她的手臂还是向下张开，在她的手臂下是和她一块遇难的9个孩子。在生命的最后一刻，她还是这样保护着自己的学生。在前前后后救出了13名学生后，这位最美丽的女教师便离我们而去了。

二十多岁的女孩，花一般的年纪，对生活充满期望，对未来充满憧憬，却在一瞬间失去了生机，像花儿一样凋谢了，留下了她珍爱的学生，留下了肝肠寸断、悲痛欲绝的母亲，留下了悲伤的同事朋友，独自走了，永远离开了这个世界。

她以身作则，用自己的青春捍卫了教师这个职业的荣誉，她培养着祖国的栋梁，像一根蜡烛，为着祖国的花朵奉献出所有的光和热，努力点燃学生的希望之火，又像是一盏明灯，指引着学生在学习的道路上越走越远；是美的耕耘者、知识的传播者、道德的卫道士。平常的日子，传授知识；危难的时刻，尽显英雄本色！也许在倒塌的瞬间，她还在懊悔还有孩子没有救出，可她并没有想到，其实她也是一个孩子，一个需要在父母怀中撒娇的孩子，她想到的可能仅仅是地震了，她的学生还有留在教室里未出来的，太危险了，她是老师，保护学生是她的天职。孩子似的她，冒着房屋坍塌的危险，一次次地抱出自己的学生，为了学生，她将自己的热血和希望留在了她所衷爱的教室，让她的青春永远地绽放在了她所衷爱的讲台！8级的汶川大地震，撼动了大地，震倒了楼房，而在她面前却显得微不足道，她给我们的是永久的心灵上的震撼，是活着的人奋发向前的勇气。她用自己的青春谱写了一曲激昂的教师之歌。

二十多岁的女孩有着青春美丽的脸庞，对未来怀有无限美好的憧憬。正值青春年华，对她来说人生才刚刚开始。一个女人最美丽的时光是20岁，她还可以被唤做“丫头”、“孩子”，娇憨并理直气壮地享受所有的宠溺，可以憧憬着有一天自己当妈妈时候的喜悦。但是这位美丽的教师却在瞬间失去了所有的一切，她没有来得及向母亲尽孝，没有来得及跟心爱的人幸福生活，没有来得及完成自己的梦想，没有来得及的还很多，她就凋零了。但是她却永远活在被她救出的13个孩子的心中，永远活在我们全国人民的心中，她的美丽为整个世界所惊叹！

到底是什么样的力量支撑着她，我们已经再也不能听到她的回答。我们或许可以从她生前的好友那里得到一些答案。据她的一个朋友方英年回忆，她曾经说过：“每一个学生都是我的孩子，他们都才六七岁，好像一张白纸，他们的未来都在我的手中，我是他们的启蒙教师，他们的人格在此阶段形成，世界观、人生观、价值观都是在我的教育下树立起来。教师这个职业看似假期多，但是要做一个好的老师就要放弃休息，要么钻研业务，要么走访调查，这么多人未来的命运都在我手上，我的心血都得用在学生身上。”这样我们就不难理解为什么在灾难面前，她会做出如此的决定。我们可以认为，这是一种大爱，在危难的关头将人性的光辉展现得淋漓尽致。在很多人对这个民族已经感到失望的时候，这闪烁着的人性的光辉为我们带来了无尽的希望。在这普通的女教

师身上，这种光辉的展现让我们在为生命逝去的难过中，又得到了另一种精神慰藉。

一个网友在给袁文婷的悼词里面曾经这样写道：“五月，你说你忙，因为你手下的一帮小家伙；五月，你却休息了，也因为你手下的一帮小家伙；可我不要你休息，我宁愿你忙着；小家伙们，也都喊着不要我们的袁老师休息。”可是谁又能够确定她不会在天堂的教室里面快乐地教着自己喜爱的学生们唱歌、拼音、画画呢？要知道我们最美丽的教师袁文婷是永远闲不住的呀！

那么就让我们永远记住这位美丽的女教师吧，她的名字是袁文婷，年仅26岁！袁文婷，多么美丽的名字！多么美丽的女孩！我们会永远记住你，你救出的孩子现在过得很好，你放心的去吧，天堂里的你一定会找到自己的幸福！2008年的5月12日，我们不会忘记，天国飞回了无数的天使，那无数的天使中，我们永恒地记得，你是最美丽的天使之一。

那是一种坚韧的力量，一种风吹不动、雨刮不倒的力量。这力量，看似很平凡，很不起眼，但是它却亘古不变地屹立在我们的中华大地上，焕发出勃勃生机。

雄鹰也要护明天
——张米亚舍身救学生

他是一名平凡的乡村教师，一个从来没有耀眼光环环绕过的乡村教师。可是当灾难降临时，他却转瞬间变成了一只令世人仰慕敬重的雄鹰。

汶川地震发生不久，救援者挖开垮塌的映秀镇小学教学楼，看到了令人震惊而又感人至深的一幕——已经气绝的男子跪仆在废墟上，双臂紧紧搂着两个孩子，宛如一只展翅欲飞的雄鹰。 孩子因此存活了下来，而雄鹰的“双翼”已然僵硬，营救人员别无选择，只能饱含泪水地把双臂锯掉，孩子才得以救出。

通过网络、媒体，这个故事迅速传遍了全世界，成千上万人为之落泪。

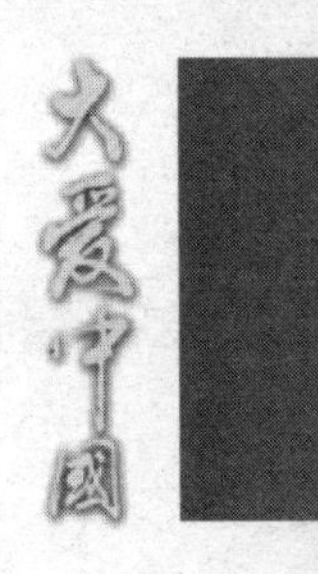

他用尽全力保护孩子

关于雄鹰我们只知道这么多：他叫张米亚，今年29岁，是映秀镇小学二年级的教师；他仅有的亲人妻子邓霞和3岁的儿子也不幸在地震中遇难。

地震后，张米亚所在的映秀镇一片废墟，毫无昔日的繁华之景，几座危楼在接二连三的余震中摇摇欲坠。映秀原有1.3万人口，大半遇难，生还者多数已转移到外地，当地只剩下几百名群众和正在奋力救援的武警官兵。

在地震中幸存的8岁的杨茜睿，是张米亚班上的学生。正是张老师的奋力保护，这个从废墟里挖出来的小姑娘才能健康无损，依旧天真活泼。“我们怕极了！都想往教室外面跑。”讲起地震时的情形，小茜睿仍惊魂未定，“可是张老师大声喊‘不要慌，都趴在课桌下面’，我们就钻到了课桌底下。前排有人趴得不够低，张老师还去按他们的头。几个同学想往外跑，张老师就一手抱住一个，拼命压在讲台下面。这时候，房子就垮了。”

张米亚的同事贾正秋讲述，张米亚的班当时在二楼，30名学生全部被埋，后来几乎有一半获救，是全校所有班级中获救比例最高的。“紧急情况发生时，教师的处置方式是孩子们生存的关键。很多获救学生的家长，在转移之前，讲起张老师，还感激得直流眼泪。”贾正秋说道。“张米亚应变能力很强，平时我们一起打篮球、打电脑游戏，他总是反应很机敏。”张米亚的好友、映秀小学体育教师刘中能讲道，“但这也许是他最机敏的一次了，我完全能想像他尽全力保护孩子的情景。”这是多么令人感动的一幕，他当时一定把所有的力量都转化成了爱，尽量去保护每一个学生，在危急时刻，绽放出人性中最为壮美的光彩。

他用爱去温暖每一个孩子

5月，正是映秀山区的春天，青草黄花中随处可见一种翩翩起舞的白色小蝴蝶。而在荒凉的废墟间，那蝴蝶却仿佛万千悲伤的纸片，寄托着人们对逝者无尽的哀思。

通过人们点点滴滴的回忆，张米亚的形象慢慢地呈现在我们面前。他的几位同事都说："他那么做我并不吃惊。以他的个性，他肯定先把所有孩子都送出去，自己最后再走，腰上还要夹上两个孩子。因为他平时就很爱孩子。"映秀小学校长谭国强说："张米亚是个男老师，照顾学生却比女老师还心细。有的学生走读，下雨鞋子湿了，他就想法找来鞋给孩子换上。"

人们都说，张米亚和蔼可亲，尤其懂得孩子的心理，讨孩子喜欢。他批评学生的时候从不板着面孔，总是温和地讲道理，还笑眯眯的。学生自然就喜欢他，从来不怕他。校长对他指出这一点，他就笑着摇摇头。他最担心孩子们受到伤害，"你喜欢张米亚老师吗？"听到我们这样问，杨茜睿使劲地点头，说："他每一节课上完都给我们讲笑话。"他就是这样一个能给孩子们如此关怀、如此欢乐的老师。

张米亚还是个小歌唱家。地震前半个多月，学校组织老师搞演讲比赛，张米亚的题目是《我爱五星红旗》，快讲完时突然唱了起来："五星红旗，你是我的骄傲。"给了全校师生一个惊喜。去年7月，映秀地区组织了一次歌手大赛，张米亚报名参加，结果在数十名歌手中脱颖而出，成为了5位晋级者之一。"那天我们都去现场为他助威，他唱的是刘德华的一首歌。"贾正秋回忆，"他的样子才好笑！前一天打篮球，不知谁一拳打在他右眼上，眼睛肿了，就

变成了‘大熊猫’。他就戴了副墨镜出场，反倒非常帅。我们都使劲为他呐喊加油！”

雄鹰也有慈祥温润的一面，这是个经常给人带来快乐的人。即使在瓦砾的废墟中，当被苦痛煎熬着的人们谈起他的往事时仍能感到一丝丝慰藉。而那些欢笑已成过去，小茜睿和贾正秋坐在一起，这对劫后余生的师生说着说着，眼眶就湿润了。……

坚韧的力量，涌流在中国人的血脉中

阳光的笑容来自阳光的心境。每个认识张米亚的人都说，他是个心胸开阔、待人敦厚的人。“好像他的心里从来没有嫉妒。”39岁的贾正秋心直口快，对自己的个性毫不掩饰，“我和他同教二年级，其实好多老师都不愿意和我一起教平行班，因为我太好胜了。可是张米亚不在乎，他笑着对我说：‘大姐，没关系的，我尽力就可以了。’他对名利看得很淡。”

随和的性格为张米亚赢得了大家的喜爱，朋友们都亲切地称呼他的小名“亚亚”。他们说，“亚亚”最突出的优点之一是乐于助人，和蔼可亲。大家能想起来的是一些小故事。曾是张米亚邻居的刘中能回忆：“就在地震两天前的晚上，我从外面回来，自行车放在宿舍楼下忘了锁。快睡觉时才想起来，但也没下去。第二天一早下楼，发现张米亚已经用锁把我的车子和他的车子锁在一起了。”

地震前半个小时，贾正秋瞥见了张米亚步入教室的憨厚背影。那一刹那，她脑海中出现了从前张米亚帮她解决教学难题的几段回忆。但当时她怎么也没有料到，那样的情景将永不再来。

生活中总有一些平凡的小事，存在的时候并不会觉得怎样，过去以后再回想起来，你会发现一种奇特的东西早已悄然渗入你的心底，是那样温暖、亲切。当你发觉往昔长逝，那些回忆顿时化作巨大的悲痛排山倒海而来，深深地触动你的心，让你久久不能平复。

在震区有着一群平凡而勇敢的人。映秀小学总共47名老师，生还者只有22人。尽管当地政府极力劝大家尽快转移，还是有几位老师坚持要留下来，他们忍住失去亲人的悲伤，协助救援官兵搜寻幸存者。有时，他们会压抑不住内心的情感，突然哭起来，但是会低头擦擦泪水，又继续在废墟中为着生命，为着希望，为着明天而跋涉、搜寻。在他们身上，分明也有张米亚的影子。

那是一种坚韧的力量，一种风吹不动、雨刮不倒的力量。这力量，看似很平凡，很不起眼，但是它却亘古不变地屹立在我们的中华大地上，焕发出勃勃生机。这力量就如同一面迎风的旗帜猎猎飘扬在被摧毁的家园之上，向人们昭示着希望，为人们带来了满满的爱。也正因为有这种力量，我们这个古老的东方民族才能够历经磨难而绵延不绝，生生不息。

“他舍不得我们……”张关蓉抽泣着说。当谭千秋的七尺之躯被裹上黑布，送到殡仪馆火化，鞭炮响了两下就熄灭了，天地瞬间一片死寂——谭千秋舍不得，他舍不得这个世界，舍不得妻子，更舍不得女儿。

大爱无声

——英雄教师谭千秋

地动山摇。他弓着身子，张开双臂紧紧地趴在课桌上，伴着雷鸣般的响声，砖瓦、灰尘、树木纷纷坠落到他的头上、手上、背上，热血顿时奔涌而出；他咬着牙，拼命地撑住课桌，如同一只护卫小鸡的母鸡，他的身下蜷伏着四个幸存的学生，而他张开守护翅膀的身躯定格为永恒——5月13日22时12分，当搜救人员从四川省德阳市汉旺镇东汽中学教学楼坍塌的废墟中搬走压在他身上最后一块水泥板时，所有抢险人员都落泪了。

他就是谭千秋，他用自己51岁的宝贵生命诠释了爱与责任的师德灵魂，被湖南省委书记张春贤誉为“英雄不死，精神千秋！”

1957年8月他出生于湖南衡阳市祁东县步云桥镇岩前村。1978年3月，以优异成绩考入湖南大学政治专业学习，1982年1月毕业后，分配到四川绵竹东方汽轮机厂工作，先后在该厂职工大学和中学任教。从教26年来，谭千秋不仅教学成绩卓越，被评为特级教师，而且在担任中学教导主任以来，他致力于学校的教学改革和创新，为提高教学质量作出了积极贡献，特别是他爱生如命，在校园里看到一块小石头都要捡起来，生怕学生们因此受伤，被同事们誉为“最疼爱学生的人”。

2008年5月12日是个黑色的日子。这一天下午2点多钟，谭千秋正在教室上课，他正讲得起劲时，房子突然剧烈地抖动起来。地震！谭千秋马上意识到情况不妙，立即喊道：“大家快跑，什么也不要拿！快！”同学们迅速冲出教室，往操场上跑。这时候房子摇晃得越来越厉害了，并伴随着刺耳的吱吱声，外面阵阵尘埃腾空而起，还有四位同学已经没办法冲出去了，谭千秋立即将他们拉到课桌底下，自己弓着背，双手撑在课桌上，用自己的身体盖着四个学生。“轰轰轰”——砖块、水泥板重重地砸在他的身上，房子塌陷了。…

13日22时12分，谭千秋的遗体终于被找到。“我们发现他的时候，他双臂张开着趴在课桌上，身下死死地护着四个学生，四个学生都还活着！”第一个发现谭老师的救援人员眼含热泪，他说，谭老师誓死护卫学生的形象，是他这一生永远忘不掉的。“地震时，眼看教室要倒，谭老师飞身扑到了我们的身上。”回忆当时的情景，获救的学生神情仍然紧张。

同在一所学校任教的妻子张关蓉终于在次日清早见到了自己的丈夫。她拉

起丈夫的手臂，要给他擦去血迹时，丈夫僵硬的手指触痛了她脆弱的神经，她轻揉着丈夫的手指，痛哭失声。张关蓉仔细地擦拭着丈夫的遗体，将其蓬乱的头发细细地梳理成丈夫生前习惯的发型："我的爱人，让我给你细细擦去手上的污泥，就像你曾经温柔地擦去我脸上的泪水。我的爱人，你宽阔的臂膀给了我栖息的港湾，更给了地震中四个孩子生命的新岸。男子汉也会累吗？你怎么躺下就不再起来？让我跪下来，依然和你保持最近的距离，让我为你温暖冰凉的手指……"

张关蓉和谭千秋曾相约相亲相爱到地老天荒。地震前一天，丈夫还给小女儿买了两双鞋子、一条裤子，她还问丈夫为什么一下子买了这么多，谁知，这成了最后一次。

"他舍不得我们……"张关蓉抽泣着说。当谭千秋的七尺之躯被裹上黑布，送到殡仪馆火化，鞭炮响了两下就熄灭了，天地瞬间一片死寂——谭千秋舍不得，他舍不得这个世界，舍不得妻子，更舍不得女儿。

"爸爸！爸爸！我要爸爸！"小女儿的声音打破了死寂，可是，谭千秋永远也听不到女儿稚嫩的哭声了。

他走了。以一个飞翔的姿势。

5月16日上午，湖南大学师生举行追思会，悼念在四川地震中勇救四名学生的英雄教师、他们引以为豪的77级校友谭千秋。曾给谭千秋上过课的肖孚容老师向大家展示了他30年前的成绩单、学籍表。在长沙的14名同班同学深情地回忆起他在湖大求学的情景。湖大教授柳礼泉说，千秋同学是一名极其普通的学生，他连寝室长都未做过，但是他的质朴、纯真、憨厚，还有他的那种感恩情怀，让我们丝毫不惊诧他那一刻的勇敢抉择。湖南大学教授张功耀说，千秋的一生是平凡的一生。但他这种安于平凡的精神恰恰就是真正的不平凡。正是这样的平凡，才真正体现了他一生不为名、不为利、不苟且、不阿谀的傲骨和正气。也正是这样的人，才能在危难之际显现出英雄本色。“如果，没有这场地震，我想，在湖大校史里，你就是一个普通的校友，在世人眼里，你就是一个平凡的老师。可是，你知道吗？我宁愿没有这场地震，我宁愿你普通，我宁愿你平凡，我宁愿你好好地活着。”湖大马列主义学院的一名同学在湖大校园网上这样表达大家的心声：“我们会永远记住你张开双臂的姿势。流完这滴泪，我决定不再哭了。因为，从这一秒开始，我要像你一样，做一个勇敢的、恪尽职守的、大爱无声的人！像你一样，在危险面前绝不颤抖！”

这是一个伟大的老师，一个真正的人民教师，每一次看到这段故事，总是要泪流满面。四川地震让亿万人揪心，也让华夏儿女心手相连！

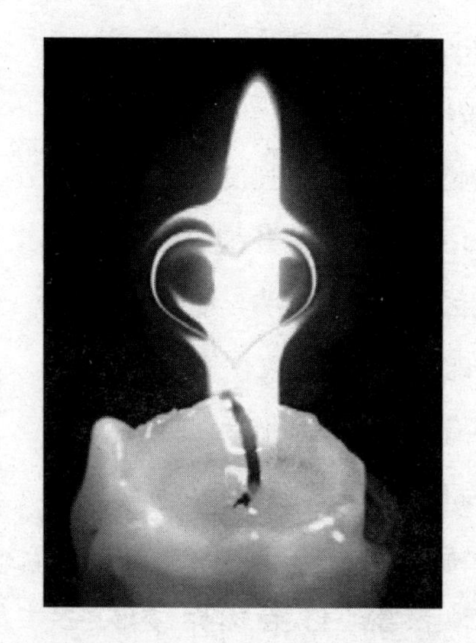

他们用生命对“人民教师”四个字做了新的诠释。

师魂无悔
——地震中的人民教师

师恩如山，因为高山巍巍，使人崇敬；师恩似海，因为大海浩瀚，无法估量。他们不是演员，却吸引着饥渴的目光；他们不是歌唱家，却奏响着知识的清泉；他们不是雕塑家，却塑造着一批又一批少年人的灵魂。而如今，灾难降临，死神来袭，他们不是救世主，却用血肉之躯为祖国的未来撑起了生命之门！

杜正香：母亲的姿势

5月14日10时，震后第三天。当解放军官兵掀开因地震完全坍塌的绵阳市平武县南坝小学的一根钢筋水泥横梁时，眼前的一幕震撼了在场的每一个人——一位死去多时的女老师趴在瓦砾里，头朝着门的方向，双手紧紧地各拉着一个年幼的孩子，胸前还护着三个幼小的生命。

这个本是属于母亲的姿势，向人们诠释着杜老师的大爱。

地震开始的那一刹那，南坝小学的教学楼开始摇晃，却还没有倒塌，这是逃生的最好时机。然而在这紧急关头，杜老师把生死置之度外，毅然担负起了转移学生的重任。“杜老师要不是为了救学生，自己一个人肯定能跑出来。”她的同事语文老师杨树兰说，“然而我知道，她肯定不会扔下自己的学生们。”当时，杨树兰正在学校的宿舍午休，当她连滚带爬跑到操场上时，正好看见杜正香一把将送小孙子上学的严明君老太太祖孙俩推出了摇晃中的教学楼，转身冲进一楼的教室，连抱带拉救出几个孩子，之后她又冲进了已是烟尘滚滚、不停摆动中的教学楼。这是杨树兰和其他人最后一次看到杜正香老师的身影。…

“看得出她是要把这些孩子们带出即将倒塌的教学楼，她用自己的肩背为孩子们挡住了坠落的横梁。”参与搜救的解放军战士说。虽然杜老师以生命守护的孩子们最终没能生还，但她的拳拳之心，却永存人间。

汤宏：生死一刻的抉择

汤宏是什邡红白镇中心学校的二年级语文老师，他是位二十出头的小伙子，家里的孩子刚刚六七个月大。他所教班级的教室位于一楼，他本来完全可以逃脱，但他却选择留下来保护孩子。这一抉择使他的生命定格在了这样一个令人感动的画面上：

他两只苍白的手各抓了一个孩子，略显瘦弱的身子下，还护着几个小生命。他的姿势，宛若一只展翅的雄鹰。

汤老师走了，他最后一刻的抉择，将生的希望让给了身下的学生们。虽然

他手上抓着的学生没能活下来，可是他用血肉之躯保护着的几个孩子却幸运地活了下来。

张辉兵：定格的手指

在红白镇中心学校中学部，数十名解放军战士和一个矿山救援队正在徒手救援。该校副校长程世林介绍，值得庆幸的是，教学楼楼梯间没有发生坍塌。七年级(2)班教师蔡模杰知识面广，地震发生后，他运用自己掌握的常识，冷静地组织学生逃生，全班40个学生，仅有一人失去了生命；八年级(1)班教师李德明带着十多名学生，紧紧地抱着三楼楼梯间的柱子幸免于难，全班58人仅有2人死亡，1人重伤；还有邱全亮老师，也是带着十多名学生抱着二楼楼梯间的柱子，都保住了性命。

然而，九年级(1)班教师张辉兵，在最紧要的关头把学生疏导了出来，自己却倒在了教室门口。他的尸体被扒出来时，手指仍指着楼梯间的方向。逃生的学生看到挖出的张老师遗体，泪如雨下："张老师让我们往楼梯间跑，可他自己却……"

大雨淋湿了张老师的遗体，他的身旁，肃立着悲痛的学生。就是这只手，为他们指点着生命之路。而今，这只手再也不可能在黑板上演算习题，在作业本上批改作业了——但是，这只手却永远地教会了学生，什么叫责任重如泰山。

苟晓超：为救学生以身躯挡砖

5月12日下午2点28分，巴中市通江县洪口镇永安坝村小学二年级老师苟晓超，正例行在教学楼巡察，孩子们正甜甜地午睡。突然一阵地动山摇，整栋教学楼剧烈颤抖摇晃，门窗玻璃噼里啪啦。“地震！快跑，教学楼要垮了！”他大声吼叫学生赶快逃生，同时用尽全力通知正在二楼、一楼巡察的各位老师。他一边大声呼吼，一边迅速抱起两名孩子直往楼下冲，清醒的十余名孩子紧随而下。当他再一次冲到三楼抱起两名孩子冲到一楼最后一级楼梯时，顶楼轰然坍塌，砖块、混凝土、门窗玻璃，劈头盖脸地向他们袭来。他本能地将两个孩子“藏”在自己怀中，用身躯挡住从天而降的坠落物。他的双腿被无情地砸断，胸部、头部也受重伤，倒在一片殷红的血泊之中。

下午4点20分，救援队将他挖了出来，可是当他被转往县城医院抢救的途中，却因伤势过重不幸献出了年轻的生命。24岁的苟晓超，5月2日刚刚举行了婚礼，他甚至还对他的学生们开玩笑说，谁要是期末考了满分，他就给谁喜糖吃。如今，人却不在了。

在这次地震中，让我们感动的园丁远不止这些。他们把生的希望留给了别人，自己却献出了宝贵的生命。英雄教师们，一路走好！

第五章 生命**赞歌**

灾难与传奇仿佛是一对相生相克的孪生兄弟，每一次重大灾难的发生都会造就许多生命与之抗争的不朽传奇。

汶川地震当中，传奇故事举不胜举。一场巨大的灾难、一群善良的人们、一个坚强的民族，是构成这些传奇故事的基本要素。

每一位幸存者，他们的经历了一段段灰色的磨难，创造了一个个生命的奇迹。在灾难面前，我们不屈服，不放弃，中华民族用双手托起了明天的太阳，让生命更加璀璨！

当各路救援人员不惜一切代价、以惊人的速度冲向第一线时，埋在废墟中的他们凭借顽强的意志，挺过了一个又一个小时。每一个活下来的生命，都给了我们感动与惊喜，同时也创造了一个又一个的生命奇迹。

生命的赞歌
——他们创造了生命的奇迹

四川汶川这场让人绝望的天灾，使无数的生命、无数的建筑、无数的美好事物瞬间毁于一旦，于是惨绝人寰的一幕一幕便接踵而至。这个天灾，让几十万人生活在痛苦中，更让整个中国沉陷在一片哀伤之中。但当各路救援人员不惜一切代价、以惊人的速度冲向第一线时，埋在废墟中的他们凭借顽强的意志，挺过了一个又一个小时。每一个活下来的生命，都给了我们感动与惊喜，同时也创造了一个又一个的生命奇迹。

5月20日下午，负责此次救援任务的成都军区空军救援队的搜救官兵接到银厂沟接引寺一名僧人反映的重要线索：20日下午5时许，僧人到寺庙里清理废墟时，在送子殿发现两只小狗不停地在两块石头前叫着转圈，上前一看，发现了一个被困于石缝中的六旬老人。僧人当时准备营救，但因老人的骨盆受伤，再加上被两块石头夹在中间无法动弹，他无法施救。于是，他赶紧下山，将这一情况反映给在此搜救的救援队。

救援队得知这一线索后，立即组成一个5人先遣搜救小组，徒步上山对老人展开营救。搜救队员经过近1个小时的奋战，终于在20日18时45分，将受困196个小时的老人成功救出。通过医生现场检查，老人身体无大碍，只是骨盆有损坏，人极度脱水，全身多处挫伤和擦伤，但头脑清晰，清楚地说了儿子的名字和11位手机号码。搜救人员抬老人下山时，为了不让她颠簸，他们每过100米就换人，一直将老人抬到120急救车上。即使在车内救援人员也一直将老人抬起，为的就是不让她受颠簸出现意外。22时许，老人被紧急送往华西医大重症监护室观察治疗。进入医院后，老人严重脱水、营养不良，高热，血钠极度偏高，还出现了兴奋、善忘、说胡话等精神异常症状。但生命重于一切，病房瞬时成为战场。医院马上成立特别治疗组和特别护理组，对老人实施24小时特别监护。每天都进行一次专家会诊，甚至排尿和输液要以“每小时多少毫磅”精确计算，用尽全力抢救病人生命。经过3天的治疗，23日，老人的心律、血压、呼吸、体温等都已经恢复正常，并且开始进食，各项生命指标平稳，已经脱离了生命危险。面对问询的医务人员，老人清醒地笑称：“我昨天睡得香，我身体一向很好。”一切就是那么神奇。老人活了下来。“196个小时！196个小时！”她再一次谱写了生命奇迹，这极大地鼓舞了救灾一线十多万名救援人员以及灾区人民的斗志。老人的名字叫王友琼。

5月12日下午2时许，老人到接引寺上香还愿，并打算在寺里住上一段时间。2时28分，惊天动地的大地震使寺庙后面的山坡发生了滑坡，老人被土石掀翻后，冲到300多米外的废墟上。幸运的是，老人只是小腿被压，她从废墟上爬起来后，花了四五个小时整整爬了3公里的路，可是没有遇到一个人。因为身体虚弱，不久她便昏了过去。当她醒来时，发现两块大石头又压住了她的大腿。整整八天，老人到底是如何熬过去的呢？

老人获救后曾向他们讲述了她奇迹生还的经过。她说，由于她的头露在外面，因此开始靠雨水为生。这时，不知道从哪里跑来的两只小狗每天都和她待在一起。这两只很通人性的小狗看到老人的嘴唇干裂，其中一只就上前用舌头舔老人的嘴唇，另外一只则帮老人舔脸上的淤血。正是这两只小狗让老人的嘴唇一直保持湿润，并且还对老人的伤口起到了消毒和止血的作用。在老人被困后的日子里，这两只小狗每天都守候在她身边，让老人不再感到寂寞、害怕。也正是这两只小狗的叫声引起了僧人的注意，才发现了被困的老人。而当救援人员抢救老人时，也发现了那两只狗。它们很有可能是家养的宠物犬，遭遇地震后，和主人失去了联系，流浪到了老人被困的地方。可以说，正是这两只陌生的小狗救了老人的命。而老人一直坚持下来的另一个不可忽略的原因，便是她想要见儿子和两个孙子。

老人清醒后，听到了一声“妈”，就立即情绪激动地问：“我儿子来了吗？

我儿子来了吗？”虽然老人一直要求见孙子，但儿子怕母亲一激动病情出现反复，所以一直没有让母亲见。他每天都守候在母亲身旁，因为老人现在仍怕生人，受到刺激后病情可能会恶化。但他坚信母亲一定能够挺过来的。

与此同时，在汶川映秀镇废墟中被埋179小时的马元江也被救援人员从死神身边拉回了人间。5月21日，名叫崔昌会的38岁巴蜀电力的职工在废墟中度过216个小时成功获救，目前情况稳定。从70个小时，到100个小时，到150，再到169、179、216小时，汶川大地震生还者生存时间纪录不断被刷新。有生命就有会奇迹。这源于被困者无论如何都要活下去的决心，源于救援人员不惜一切代价拯救生命的信念。哪怕只有万分之一的希望，大家都要付出百分之百的努力。

这些逃生的故事无数次感动过我们，我们在感叹人的生命力坚韧的同时，更多的时候我们惊叹于人的情感的力量。母爱、爱情、师恩或仅仅是陌生人之间的关怀，在这一刻都迸发出巨大的能量。我们每个人都在震撼中接受了一次洗礼，明白了人的生命是如何脆弱而又坚韧，人类是如何渺小而又伟大。

最后愿人间充满善良与祥和，善待生命、珍爱生活，怀着一颗感恩的心迎接生活!

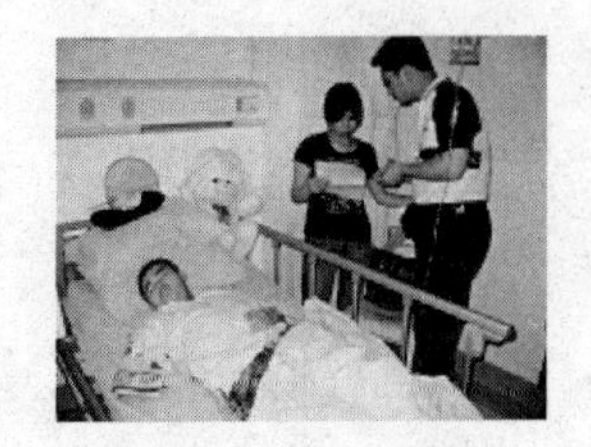

让我们记住这个男孩吧，是他在我们举国齐悲的时候让我们感受到了乐观的力量，也是他让我们信心百倍地去营救那些被困的群众。我们相信，我们其实也可以创造奇迹。让我们记住这个男孩，他的名字叫薛枭，他爱喝可乐。

可乐男孩
——一句话逗乐悲伤的中国人

2008年5月12日，历史终将铭记这黑色的日子。当天下午2时28分，四川省汶川县发生8级地震，许多人在这次地震中失去生命，许多人被压在废墟中不见天日，等待着希望之光。当听到救援的声音时，他们就会发出生命的呐喊。

有这么一个男孩，当救援人员问他如果被救出来最想做什么的时候，他说的第一句话就是，“叔叔，我要喝可乐，冰的。”这个男孩叫薛枭，年仅17岁，当救援人员将他救出的时候，他已经在废墟底下埋了80多个小时。就是这样的一个孩子，在这样的条件下，一句“我要喝可乐”，逗乐了悲伤的中国人。

薛枭已经不止一次地对媒体描绘那个悲惨一刻：5月12日下午2点多，薛枭在绵竹汉旺镇东汽中学上课，忽然间地裂山摇、楼房倒塌，东汽中学也不能幸免。薛枭和许多同学一起被埋在倒塌的教学楼里，许多孩子当场丧命。废墟下存活的同学，大部分陆续失去了生命。薛枭顽强地熬了下来，他坚信："肯定有人来救我们的！"终于薛枭盼到了营救的队伍，在5月13日上午就有救援人员到达。但这却是又一个漫长的等待的开始——救援人员准备救他，却发现营救难度很大。看着营救人员来了又去，薛枭怕了："叔叔，你们不会不救我了吧？"为了给他信心，救援人员安慰说，一定救他出来，并问如果出来了他想干什么。薛枭说："叔叔，我要喝可乐，冰的。"当这幕被电视镜头传播出去时，人们都乐了，这是悲恸中难得的一笑，"可乐男孩"的名称由此而来。

为什么当时最想喝可乐呢？薛枭说，他都被压了80多个小时了，又急又渴，就想喝冰冻饮料。他妈妈谭忠燕也笑："这孩子平时什么饮料都喝，也不是最喜欢可乐。但现在大家来看他都带上一瓶可乐。"

薛枭被营救出来的时间是5月15日晚上10时多，他是班上幸运的一个，他们全班45人只有11人幸存。5月16日，薛枭被转送到四川大学华西医院，因右上肢坏死，当天下午必须做截肢手术。由于联系不上家人，薛枭自己在手术同意书上按下了手印。5月17日母亲谭忠燕闻讯赶到医院时，看到只剩下左手的儿子时泣不成声。儿子没有掉眼泪，反而对妈妈说："我右手保不住了，被救出来时我就知道保不住了。"

我们不难看出，薛枭是个乐观的孩子，他那句类似插科打诨般的"叔叔，我要喝可乐"，就逗乐了所有处于悲伤中的人们。其实，救援本来就是一个互相鼓励的过程，救援人员要给被救的群众活下去的信心，被救的群众也要给救援人员自己一定要活下去、一定会活下去的决心。正是在这样的一种互相鼓励的过程当中，他们才创造了一个又一个的奇迹。

薛枭的事情被新闻媒体广泛传播之后，在社会上引起了很大的反响，很多网友都留言赞赏这个坚强的孩子。有人称呼他为这次地震中“最可爱”的人，的确，当一个17岁的孩子说出想要喝可乐的时候，我们能想到的也只能是勇敢和乐观了，这个孩子给了活着的人们活下去的最大的勇气。

危难时刻，如果说我们相信生命奇迹的话，那是因为有勇气，勇气是能激励一个人活下去的最基本的东西。一个人如果丧失了活下去的基本勇气，那么不管别人再怎么努力都无济于事。在电影《世界末日》有这么一句台词：“我们人类经历了历史的混沌、错误和过失，经历了所有的苦难，经历了时代的变迁，只有一种东西能纯洁我们的灵魂，激励人们超越自己，那就是勇气！”我们想象不出废墟下的80多个小时是多么难熬，也不知道生死关头，是什么力量让薛枭仍如此坦然？或许心怀不灭的希望，才使他坚守住了生存的信念、活着的价值。

坚持，就是胜利；坚持，就意味着耐力；坚持，体现着沉着和冷静。在这次大地震中，在薛枭的同伴纷纷离他而去的时候，他体现出来的顽强精神令人动容。其实等待并不可怕，可怕的是在等待中丧失信心。满怀信心的他终于赢得了宝贵的第二次生命，活了下来，而这样的奇迹是他靠自己的信心和意志创造的。他的例子又一次证明了，永不放弃就能创造生命的奇迹。32年前的唐山大地震，一个叫王树斌的人在废墟下与死神抗争了8天8夜，最后成功被救出，堪称我国地震救援史上的奇迹；一名巴基斯坦妇女在大地震中被埋64天，竟然奇迹生还。我们的生命很大情况下是由自己的思想控制的，当思想高昂时，就

能给生命增添激情和活力，而当思想颓落时，无异于在给生命下半旗致哀。很多情形下，悲惨的结局并非缠绕在脱不了的死结之中，而是自己给自己扣上了必死的枷锁。如果说在生命中能够碰到一种死结，那绝不是死神，而是死心。危难中，生命的奇迹在于信心，更在于坚韧和乐观。乐观者在每次危难中都能看到机会,而悲观的人在每个机会中都只能看到危难。

让我们记住这个男孩吧，是他在我们举国齐悲的时候让我们感受到了乐观的力量，也是他让我们信心百倍地去营救那些现在依然被困的群众，我们相信我们其实可以创造奇迹。让我们记住这个男孩，他的名字叫薛枭，他爱喝可乐。

"你们别管我了，这里危险，放弃我吧，你们去救别人！"

这里危险，放弃我吧
——杨云芬的坚持与放弃

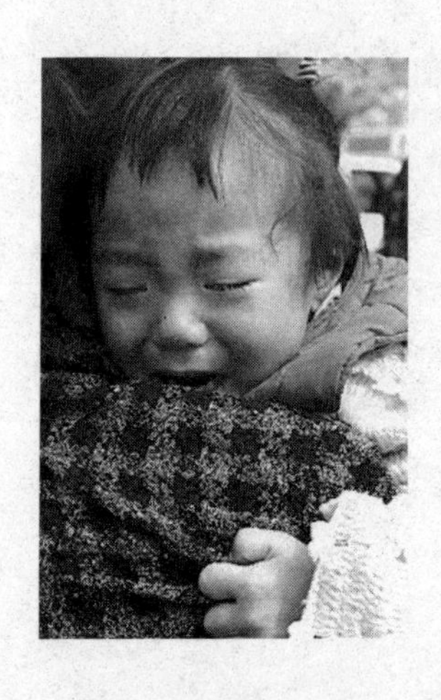

"这里危险，放弃我吧。"杨云芬紧握玻璃片，朝左腕使劲一划，鲜血顿时染红了残垣断瓦。远处，孙女雯欣突然张口大哭："救妈妈，救奶奶！"

杨云芬努力了。四天，她扛着断石，撑了四天。四天里，营救、失败、再营救……颤巍巍的残墙和悬梁下，救援者组织了一次又一次救援。

第四天的上午，又一次失败后，杨云芬突然含泪对外面的人说："放弃我吧，你们去救别人！"

之后，她用玻璃片划破了双腕，吞下了金戒指………

2008年5月12日下午，天摇地动，映秀一瞬间就彻底改变了模样。此时杨云芬正在家里做家务，

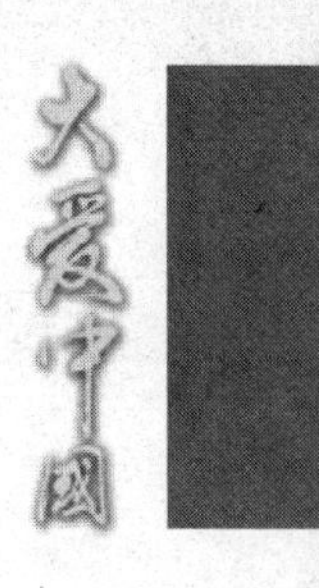

她和老伴搬到这里，是为了照顾外孙女雯欣，也帮女儿连蓉料理家务。这天下午，老伴和女儿都在家里。

他们住的阿坝州交警支队直属大队家属楼夹在香樟坡与五台山之间的峡谷里，地震袭来，5层高的楼被轻而易举地撕开，一半垮塌，一半倾斜欲坠。

霎时间，杨云芬夫妻和女儿都被埋在了废墟下面。一切是如此的突然，杨云芬还没弄清楚是怎么回事，就发现老伴和女儿已经停止了呼吸。

“我要活下去。”这是杨云芬的第一个念头。孙女雯欣失去了母亲，她不能再让她失去外婆，她要活下去，雯欣需要她。

杨云芬被压在废墟中，地震过后，外面一片安静。这时，直属大队的一位民警跑到楼下，他趴在废墟中大喊“里面有没有人”？杨云芬连忙大声回答，他马上听到了杨云芬的声音。

此时，映秀交通全断，几乎与世隔绝。两天之内，没有任何外援。幸存者很快投入到自救当中。

侄女万红赶到了现场，她掀开一堆堆的瓦砾，钻到离杨云芬只有一米远的地方，她清楚地记得姨妈被压的样子：髋部以下不能活动，下肢还在流血。不过，头、肩、上肢尚活动自如。可以想象，杨云芬当时承受着多么大的痛苦。

万红上次见到姨妈，是地震前三天。在万红眼中，杨云芬是个慈祥的老人。每逢节假日，万红第一个就想去姨妈家，因为姨妈不仅做得一手好菜，还能谈些社会上的热点。上次晚饭后，他和姨妈谈起了奥运圣火的事情。杨云芬说，圣火6月18日到都江堰，她很想摸摸火炬，哪怕只看看火炬的样子。

“姨妈，你别着急，我们一定会救你出来的!”万红说。

“嗯! 我一定坚持下去。”杨云芬信心坚定。

“雯欣已经安全了，你要活下来！”万红此时已得知小雯欣得救了，而且无明显受伤。这个好消息对杨云芬来说，无疑是促使她坚持下去的一个信念。

“就是为了雯欣，我也要坚持下去！”

万红给姨妈送来了牛奶。杨云芬一边喝着万红送进去的牛奶，一边和万红说话。她说她一定会坚持下去，她要带着雯欣去看火炬传递，她要穿上大红色的衣服，迎接火炬，迎接奥运。

终于，救援部队进达了映秀镇。近30个救援人员，三班轮流上阵抢救杨云芬。

然而，坍塌大楼的废墟结构异常复杂。掉落的水泥板和混凝土大梁横七竖八，即使有空间，也被砖块和泥沙填满，严重倾斜的墙体又挡住了逃生的方向。这种情形，不但使被困者命悬一线，而且也使救援者的生命面临巨大的威胁。

救援者设了三个观察哨，时刻盯住周边的水平信号标。一有不妙，立即大喊撤离。然而即便如此，四批消防官兵和武警战士尝试了一段时间后，依然没能救出杨云芬。

救援队的到来，让杨云芬一阵惊喜。然而得知救援条件恶劣而且威胁救援者的生命后，杨云芬开始不住地流泪。

杨云芬的下肢无法止血，她紧紧地抓住万红的手。“我会活下来的，我一定能活下来。”虽然每一次救援失败总让她流泪满面，但她一直不停地鼓励救援者：“你们加油，我也配合你们。”

时间到了15日，救援人员还在一点一点靠近杨云芬，而救援条件也越来越恶劣。一次余震袭来，东侧三楼上一块预制板滑落下来，灰尘落定，预制板把

废墟上两块楼板砸断，距离杨云芬的位置不足一米远。

面对着救援的危险，杨云芬做出了放弃的决定。

上午9时40分，杨云芬突然对女医生说，“你们别管我了，这里危险，放弃我吧，你们去救别人！”女医生安慰她：“我们不会放弃你，你一定要坚持住。”

“你们不要浪费时间了。”杨云芬摇摇头。忽然，眼前的一幕让女医生惊呆了。

杨云芬右手紧握一块尖长的玻璃片，朝自己左手腕部用劲一划，血从腕部流淌出来。女医生见状拼命伸手要抓住杨云芬的手，但总是够不着。

“奶奶，你不要啊！不要啊！”女医生哭叫道。

杨云芬又划开了右手腕的静脉。一片红色染红了尘土，杨云芬放弃了，她去了另一个世界，那里有她的老伴和女儿。

趴在一旁的女医生嚎啕大哭：“奶奶，奶奶，不要啊！”

又一阵余震袭来。慢慢的，杨云芬低下了头。废墟外，传来小雯欣撕心裂肺的哭声：“救妈妈，救奶奶！”

她不知道，奶奶已经走了。面对灾难，每个身处绝境中的人都渴望活下去，但其中有这样一些人，为了成全更多同样宝贵的生命，选择舍弃自己生的机会。

希望雯欣能够记住她的奶奶，记住她的坚持与放弃，同时，也记住她放弃背后的成全。

“我是世界上第一个身上背三块预制板的人。”

我要坚持，坚持，再坚持
——陈坚的最后79小时

5月12日，14点28分，很多人的生命都停留在了这一刻，也有很多人的生命从这一刻起逐渐流失。废墟里微弱的呼吸蕴含的是心中对生命的呐喊和对希望的坚持！

5月15日下午三点，来自江苏消防中队的救援人员一阵搜索过后，发现了被埋在像小山一样的废墟下的陈坚。他思维清晰地告诉救援人员自己已经被埋了72个小时。大家一阵欣喜，马上动手切开和凿掉压在他身上的钢筋水泥预

制板。半个小时内，救援人员先后卸掉了三个水泥块，可以清楚看到他的头部了，他的头被横着夹在两块巨大的水泥板中间，不能活动，医护人员马上给他挂上了吊瓶。

看到这样的情形，救援人员很乐观，估计再过十五分钟就能将他救出来，因为只需要用千斤顶把压在他身上的楼板顶出十公分的空间，就可以顺利将他拉出。可是当救援人员逐步将他身体周围稍微小一些的水泥板清除后，发现了一个很大问题。陈坚腰部以下被几米厚的水泥板压住，还有一些三角铁、钢筋，身子根本无法正常拉出来，需要紧急调来特殊救援工具——双作用千斤顶。但双作用千斤顶翻越废墟调到这里至少要半个小时。

陈坚此时便绕有兴致地跟记者和救援人员聊起天来。他说道："我是北川的，说不幸运又是很幸运。我觉得我从死神的手中逃回来了，他们很多没有我运气好。我三天三夜没有吃一颗粮食，只喝点雨水。我觉得我命还是大，大难不死、必有后福。我不想放弃我家里的任何一个人。"他用四川话一字一句的说着，说得那么流利以至于旁边的人都安下心来。可是毕竟他的身上压着整整三块预制板呢。

半个小时后，由于压在陈坚身上的东西太重了，水泥板在千斤顶的作用下吃不住劲，千斤顶嵌到水泥块里，空隙很难继续扩大，救援人员无法将他的身体翻动到正常趴下的位置。于是救援人员只得耐着性子慢慢来。就这样，时间一点一点地过去，一个小时、两个小时，旁边的废墟上陆续传来又有人得救的消息。

陈坚依然没有绝望，他说道："我要坚强，我一定要坚强，必须要坚强，为每一个深爱我的人，我一定要顽顽强强地活下去，对得起他们对我的付出。

我希望你们也一样，在任何困难面前不要被吓倒。”甚至还开玩笑说：“我是世界上第一个身上背三块预制板的人。”在场的每一个人此时都对这个坚强乐观的陈坚心生敬意。到底是什么能让他如此无惧？是他刚刚结婚一年的老婆，还有老婆肚子里三个月大的孩子。陈坚告诉记者：“头天晚上，我真的真的坚持不住了，我很想放弃自己的生命。但是我回头又想，我不能失去她们。我要坚持、坚持、再坚持，我不想孩子出生后，连父亲啥样都不晓得。我觉得我已经从死神手里逃过来了，现在有啥子都不惧了。”此时陈坚突然想到应该给老婆报个平安，于是对着电话留下来一段录音：“我叫陈坚，26岁。我的老婆叫谭小凤，我想告诉她我很安全，我会坚持住。我出来以后希望能和她和和睦睦地过一辈子……”没有甜言蜜语，没有海誓山盟，但这却是能够感动世界的一段话。

天黑了下来，脚下和眼前吞没了许多生命的废墟让人更加压抑，旁边还躺着来不及运走的遇难者的尸体。在手电筒的灯光下，救援人员还在努力着，这些灯光仿佛是黑夜里闪耀着的生命之光。此时的陈坚不再主动说话了，开始出现昏迷状态，有时不停地重复“千斤顶”、“千斤顶”，有时候又说有船要来接他，有时候又说要喝水，想睡一会儿。周围的人一直鼓励他，让他保持清醒。……

晚上8点40分，情况越来越明朗。救援人员在艰难地进行最后的努力，陈坚也开始激动起来，用微弱的声音吐出“一、二、三……一、二、三……”为自己打气，为救援人员打气。晚上九点左右，陈坚被救出来了！ 这个令人振奋的消息马上通过中央人民广播电台传递出去，让每一个关注他的人都深深吐了一口气。

然而，十分钟之后，他就不再说话了，彻底睡了过去。救援人员的心情立即由激动堕入不安中。不管如何大喊他的名字，不管如何拼命地做人工呼吸，他都不再说话了，他太累了，他永远地睡去了……然而旁边和他同一时间被救出的女大学生却延续了生命的奇迹。救援队员咬着嘴唇哽咽道："你这个傻子！都坚持这么久了！这个傻子……"在场的每个人都再也忍不住眼中的泪水……

虽然他没有实现诺言再次站在老婆面前，虽然他辜负了所有人的希望没有活下来，但是谁都不会否认他是一条硬汉子！在那样的情况下，不是肉体而是意志让他坚持了那么久。他是一个英雄，因为他如此乐观、如此坚持、如此渴望未来，将希望带给了自己和留下来的人。如果活着的人都能像陈坚一样坚持，如果绝望的人都能像陈坚一样坚持，那我们还有什么理由不相信明天会重新拥有希望！

陈坚，你是多么想活着，我们也多么希望你能活着。因为你的亲人正期盼着你能回家，因为你年轻的生命还没有完全绽放。但是我们都知道你已经尽力了，坚持了。所以，安心上路吧。你的亲人没有了你，但是还有我们。你的老婆会因为你的坚强而坚强地活下去，你的孩子也一定会记住有你这样伟大的父亲，他（她）一定会深深地爱着你，他（她）也一定会成长为一个坚强的人、永不放弃的人、对未来充满希望的人！

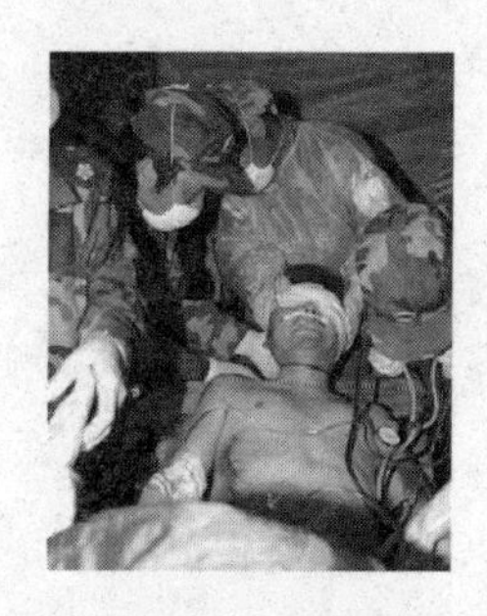

每一位幸存者，他们都经历了一段灰色的磨难，坚持着看到了胜利的曙光。我们期待马元江快点恢复，给我们一个生命的奇迹。 四川人民是乐观的，中国人民是乐观的，在灾难面前，我们不屈服，不放弃，中华民族用双手托起了明天的太阳，让生命更加璀璨。

“感觉不错，舒服惨了！”
——马元江坚持住

“为什么我的眼里常含泪水，因为我对这片土地爱得深沉。”

举国同悲的汶川大地震当中，出现了太多不屈服、不放弃的事例，我们看到了一种力量，在全国民众身上凝聚；我们看到了一种刻骨铭心的爱，在全国民众心里蔓延；我们看到了一种不屈的精神，在中华民族上空升腾。这个时候，没有任何其他杂音，没有喧嚣，只有为伤者祈祷、为生者祝福的声音；这个时候，神州大地处处都在重复着同一种动作，传递着同一种心声，每个人都在以自己的方式为受难同胞献上一点爱心。

5月20日零时50分，上海消防总队在汶川映秀湾水电总厂废墟中抢救出一名被掩埋了近179个小时的31岁男子——马元江，他是映秀湾水电发电总厂发电部副主任，之后被送达第三军医大学重庆新桥医院接受救治。

5月12日，那片天空、那片土地、那片土地上的芸芸众生经历了一场恐怖的灾难，从灾难中醒来的人们无不心有余悸，但是灾区重建需要更多的乐观与信心。“感觉不错，舒服惨了！”5月21日清晨，当第三军医大学骨科主任周跃医生到重症监护室查房时，清醒过来的马元江对着周跃教授说出了他重生后的第一句话。苍天无情，成千上万人再也仰望不到当晚的星空、明日的太阳。黑暗中，游荡着哭泣的声音。请不要忘记，悲痛的华夏民族需要重新振作，我们昂起头，凝视灾难后的废墟，我们会站起来！在残酷的自然面前，我们很坚强。

马元江被困在废墟下近179个小时，一口水没喝，一口粮没吃，在与死神的抗争中他坚持到了最后，被救出后随即被送进了骨科重症监护室。难以想象他是如何在漆黑狭窄的空间里度过179小时的。被救出来之后，新桥医院多名专家为马元江进行了会诊，由于长时间被掩埋，马元江全身多个器官受损，全身软组织也多处挫伤，局部坏死，左前臂也坏死，甚至发黑，有了臭味。专家建议暂时不能进行手术，“因为马元江身体过于虚弱，如果一上麻醉，很可能人就没了”。马元江躺在病床上，身体虚弱，恐怖的黑色回忆让他更加痛苦不堪，但是在挫折面前，他硬是给了人们一个微笑，一个充满希望的微笑。虽然不能手术，但是医院一直在为马元江进行支持治疗，并调集了一个手术团队24小时待命。

全军骨科、肾内科等5名著名院士为马元江进行了远程会诊，专家认为，经过了几个小时的支持治疗后，马元江的生命体征已经逐渐平稳，具备了手术条件。在凌晨时分，重症监护室的医护人员注意到，马元江的多个器官已经开始恢复工作，比如肾脏就已经恢复部分功能，马元江已经开始有尿；同时，他的情绪也从焦躁、狂躁中逐步稳定下来，恢复了平静。新桥医院马上决定开始为他进行手术。

准备手术的所有医护人员进入手术室，由于马元江部分肢体出现坏死已经无法恢复，为了避免更恶劣的情况发生，第一次手术就是为他进行开放式截肢。新桥医院心内科、心外科、肾脏科等所有相关科室专家全部在手术一线进行保障。

"麻醉刚一上，马元江的心跳就降到了每分钟50下，血压波动也非常大，高压达到了200，低压降到了100以下，我们一线的专家立即进行了处理。"手术台上，医生们忙碌着跟死神搏斗，额头不断渗出汗水。周跃教授说，在紧急处理后，手术进行得非常顺利，凌晨3时20分，马元江的第一次手术成功结束。术后不久，马元江已经开始进食。50毫升稀饭是他自地震发生后吃到的第一顿早餐，新桥医院的护士将稀饭一口一口地喂给了他，"马元江已经开始恢复，我们还将全天候观察他的重要脏器变化。"

88年前的这一天，南丁格尔诞生在意大利的佛罗伦萨，从此，人世间多了一个天使。后来，天使回到了天堂，却把天使的品格和爱心永远地留在了人间。88年后的这一天，中国的四川，山崩地裂，南丁格尔又重新回到了人间，只是这一次，她由一个变成了众多，她们走到了最危险的地方，她们承担起了拯救苍生的重责。

我们注视着每一位幸存者，他们经历了一段灰色的磨难，坚持着看到了胜利的曙光。我们期待马元江快点恢复，给我们一个生命的奇迹。 四川人民是乐观的，中国人民是乐观的，在灾难面前，我们不屈服，不放弃，中华民族用双手托起了明天的太阳，让生命更加璀璨。

生命，在灾难面前更加不息。同胞，请不要放弃，我们永远在一起!

李月是如此真实。她害怕一个人在废墟中，害怕失去双腿不能再跳舞。但她没有忘记在废墟中的同学，也没有在失去双腿后而消沉。她选择接受命运，勇敢地面对未来。

折翼天使，想要飞翔
——舞蹈女孩李月

现实总是挑战残酷的极限，然而顽强的人类总是将残酷转化为鼓舞世人的力量。当音乐家双耳失聪，当画家失去了观察世界的眼睛，当雕刻家灵巧的双手已不在，他们便有如折翼的天使，他们如何飞翔呢？

地震中就出现了这样一位折翼天使——李月。11岁的她在北川曲山小学上四年级。突如其来的地震将她和许多同学都压在了废墟下。当地震中捡了一条命的爷爷回到家中，发现家里三个人已经在地震中丧生，而孙女李月仍生死未卜。于是爷爷跌跌撞撞找到了废墟中疲惫不堪的李月。当时天色已晚，且余震不断，小李月不断催爷爷离开，说这儿危险。但当爷爷真要离开找救援队时，李月又哭着喊："爷爷别走，我害怕，李月还是有用的，等长大了，我给爷爷买别墅……"爷爷当时泪流满面，赶紧给李月和身边的同学带来水和食物。但他不得不先暂且离开去请求救援。爷爷走后的第一天，李月说自己并不害怕，因为身边还有两个同学。他们之间相互打气，都坚信解放军叔叔一定会来救她们的，以后大家还要一块吃烧烤。然而第二天，她的两个同学就渐渐地没了体温，不管她如何大声叫喊，也无济于事。唯一能陪着她的只有一个来自废墟底部的女同学的声音……

爷爷终于带来了救援人员，李月却说："你们先救我的同学吧，他们还困在地下！"但是在没有工具的情况下，救援人员无法将她们安全地营救出来。随后几拨救援人员来到废墟前，因为李月拒绝截肢，于是仍然没有想出妥善的营救方案。最后，在李月困于废墟整整70个小时后，救援人员为了保住她的生命，做出现场为她截肢的决定。李月虽然一直焦急地哀求："千万不要锯我的腿！我不想失去脚！"但所有人都爱莫能助。20分钟后，她被救援人员抬出废墟，她紧紧地拉着救援队员的手问："叔叔，我是不是最勇敢的？"周围的人纷纷点头。随后她被送往绵阳404医院接受治疗，由于左腿已经坏死，医生又不得不为她作断肢再截手术。当时在场的人都认为李月抗拒截肢的行为是每个人都会出现的反应，或者是一个孩子的恐惧和任性。但是谁又知道她内心的痛苦。

因为一个年仅11岁的女孩不仅失去了左腿，还失去了一直以来的梦想，她的腿就是她的梦想！她想要挽留住在舞台上翩翩起舞的憧憬和期盼。

李月下手术台后，脸色苍白，双眼微闭，由于深度麻醉的作用，一时还未醒来。清醒后，当掀开被子看到自己只剩下一条腿时，李月还是在病房里哭了起来，而且伤痛还在不断折磨着她虚弱的身体，每次都疼得她直喊痛。但每次她又坚强地说自己没事。姐姐记得，李月在医院里对她说的第一句话就是："我一直想着跳舞，就坚持了下来！"当时姐姐失声痛哭，因为她知道跳舞对于妹妹是多么的重要。

18岁的沈仁翕在绵阳实验高中读高二，与李月是亲姐妹，由于父母离异，姐姐跟了父亲，妹妹跟了母亲。妹妹李月以前跟着妈妈在新疆奎屯生活，到读小学一年级下学期才转到北川曲山小学。父亲此时在沙特阿拉伯当石油矿工。李月学习刻苦，成绩很好，很讨人喜欢。父母都不在身边，相依为命的两姐妹感情自然也非常好。半年前，李月开始跟着舞蹈老师学起了芭蕾舞，兴趣一直很高，而且很有天赋，于是李月便有了一个坚定的梦想：成为一名优秀的芭蕾舞蹈艺术家，要在舞台上演绎最美丽的《天鹅湖》。在长达70多个小时的煎熬中，李月亲眼看着一个又一个的同学永远地离开。而因为有自己的梦想和坚持求生的信念，才成为被救援人员从废墟中营救出的7名孩子中的一个。然而，因为梦想而坚持，结果却是永远地失去了梦想。姐姐明白，妹妹现在坚强的笑容背后是多么的失落和无助。

医生称李月的生命体征非常平稳，已经无生命危险，可以在西安继续进行治疗，而且远在他方的父母也前后赶了回来，陪伴李月度过这段艰苦的日子。但是，这个曾经学习成绩非常好、爱好画画和芭蕾的孩子，如同折了翅膀的小鸟一样，再也无法完成飞向蓝天的愿望。

李月的故事牵动了很多人的心，她在废墟中仰着头渴望出去的脸更是成为很多人无法忘怀的画面。大家都希望能够帮她实现梦想。于是中国红十字基金会专程赶往西安看望这个追求梦想、坚强不屈的小女孩，准备带李月来北京接受康复治疗。随行的“奔跑天使基金”爱心天使——著名的残疾人舞蹈家马丽更是以自己特殊的亲身经历感染和鼓励李月坚定战胜苦难的信心，并表示在李月康复后收她为徒，亲自辅导她在艺术道路上实现自己的梦想。来自北京的企业家唐堂先生还表示个人捐赠10万元现金，专用于李月的假肢安装及康复费用，以圆小李月一个“芭蕾”梦想。不管将来李月是否能够重新跳舞，这些好心人的努力都会让她毕生去怀念、去感恩。有了这种感恩的心，她一定会好起来！一切都会好起来！

李月是如此真实。她害怕一个人在废墟中，害怕失去双腿不能再跳舞。但她没有忘记在废墟中的同学，也没有在失去双腿后而消沉。她选择接受命运，勇敢地面对未来。

人们都说，上帝为你关了一扇门，就必会为你打开一扇窗。孩子，点亮心灯吧！它会驱走黑暗和悲伤，照你前行。

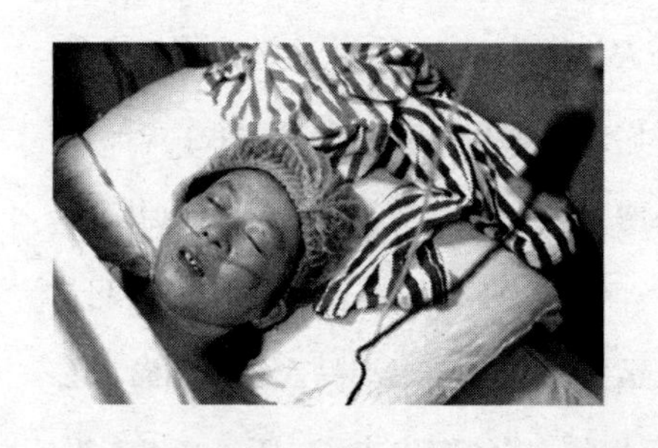

有了爱，灾难会使我们更加坚强；有了爱，我们才会互相扶持，更加懂得爱的真谛、生命的珍贵。是的，正是这种爱的力量，让我们信心百倍，让我们战无不胜。

生命不息，坚持到底

——216小时的生命奇迹

5月21日下午2点半左右，生命奇迹再次上演。在一名工人带领下，一架海事救援直升机来到巴蜀电力金河电站引水隧洞工地，救出14名被困在此的受伤工人。其中有一名特殊的工人——38岁的女伤员崔昌会，她独自被困在临时工棚附近，没有食物和水，但是生的意志让她一直坚持，她靠一个梨子、蚯蚓、野草和尿液维持生存，最终把死神驱逐出去，等来了救援人员。

地震发生时，崔昌会和丈夫的弟弟李健军以及另外数十名工人在位于山区的金河电站引水隧洞工地工作。随着大地的摇撼，山体开始滑坡并出现泥石流，22位工人还没有来得及反应就被夺去了生命，而剩余的人也失去联系，世界似乎忽然变黑，周围没有一点人的声音，只有死神的脚步步步紧逼。而崔昌会被倒塌的工棚压住，逃出来的工友把她救出来，但是她的胳膊、腰等部位受伤，巨大的疼痛撕扯着她。

13日，3个工友逃了出去，刘姓工友和另一名工友则留下来陪伴她。地震后的工地似乎是一个孤独的小岛，只有三个人相依相偎，在一次次的余震中她们相互鼓励支持着，但是道路被阻断了，她们很难把崔昌会背出去。在生命的消陨面前，没有人能无动于衷。两位工友不愿意放弃崔昌会而独自逃生，但随着时间的推移，三个人都变得饥渴难耐。

“再等下去，我们都得死。我不想拖累你们！”15日，崔昌会忍着剧痛，逼着两名工友先走，但是她们还是坚持生死与共，“你们先走了，还可能出去报信。”崔昌会含着泪劝她们，她不能眼睁睁地看着三人一起等死。最终，两名工友流着眼泪离开了。

寂静的工棚似乎只有死神在踱着脚步，让人恐惧。工棚附近只剩下崔昌会孤独一人，没有粮食、没有水，生命在生死边缘挣扎。仔细寻觅，工友留下的一个梨子让她感动不已，她慢慢咀嚼，认真体味着这可能是最后的粮食。时间一分一秒过去，饥饿与疼痛轮番折磨她，她没有放弃，挣扎着抓到一些蚯蚓，摘了一些野草，强咽下肚，以此充饥。当干渴也来火上浇油时，她蠕动着身体，用找来的两张纸，蘸着自己的小便，放到嘴边舔舔。虽然酸涩难忍，但是为了生存，为了活下去，她必须这么做。

与此同时，救援人员仍在四处寻找生者的讯息。李健军仍被困在洞内，但没有受伤。16日，他终于看到了光明，从洞中爬出，想到嫂子还没有逃出来，他顾不得疲惫虚弱，立即赶到红白镇的抗震指挥部。当天，指挥部派出一个19人的救援小分队前往营救，但他们没能找到崔昌会。

但大家不放弃，不抛弃，要把搜救工作进行到底。18日，李健军带着由战士、消防队员和登山志愿者组成的24人搜救队，再次前往营救崔昌会。

同一天，刘姓工友也在为救崔昌会做着努力。他搜集了一些矿泉水和食

物，冒着余震，给崔昌会送去。刘姓工友历经艰险，将矿泉水和食物送到了崔的身边，为虚弱的她补充了能量，当再次见到有人出现在眼前的时候，她感觉到体内更加充盈着生的意志。生存，使她战胜了疼痛和脆弱。

另一方面，搜救队历经艰险，但行动却不顺利，因为道路被洪水冲断，他们也被困在山区内。但是他们仍然坚信要战斗到底，地震面前，没有旁观者。被埋在瓦砾之中的同胞正等待生命的救援，一线救灾人员正在与“死神”赛跑。

随后，空军某部和广州军区武汉总医院神经外科专家秦尚振搭乘的海事救援直升机，前往营救这些被困者。直升机首先发现了李健军所带的搜救队，将他们救上直升机。在李健军的指引下，直升机发现了疲惫不堪的崔昌会。经过救援人员的长时间搜寻，被困在其他作业面的13名受伤工人也被救出。从地震发生到获救，这些人均被困216小时。但是对生的渴望阻断了死神的脚步，多少痛苦的折磨都变得渺小，只要生存，只要活下去，一切都会好起来。当时，在黑暗中，他们发现工地尚有10斤大米，他们靠大米和雨水维持生命，与死神抗争。到了后期，偶尔有空投物资掉到附近，他们中的轻伤者就将其捡来，分配给大家，大家共同与死神搏斗。

所有被困者被运上直升机，专家和医护人员对他们的伤势进行了简单处理。崔昌会遍体鳞伤，但是生的意志始终支撑着她，她被送进成都华西医院，其他伤员则被分别送到其他医院治疗。生命，在不断的抗争与安慰鼓励中出现了奇迹。

当崔昌会正在与死神抗争的时候，她的亲人一直为她担心，任何消息都牵动着他们的心。“我每天都去什邡的抗震救灾指挥部，一直等到没有消息。”崔昌会的父亲崔洪柯说，一连几天没有女儿的消息，家人几乎陷入绝望，“她一个女人家，肯定受了伤，在那里没有吃的，怎么能撑得下去噢。”一家人抱头痛哭，他们希望女儿能够坚持住，同时也为女儿受的苦心痛，直到消息传来：崔昌会回来了！

据诊断，崔昌会肱骨骨折、多处肋骨骨折、血气胸，有轻微的肾功能异常，严重营养不良，目前没有生命危险。崔昌会躺在华西医院骨科病房的重症监护室内接受治疗，非常虚弱，但神志清醒，反复嗫嚅着：“我要活下去，一定要坚持下去。”

有了爱，灾难会使我们更坚强；有了爱，我们才会更加懂得爱的真谛、生命的珍贵。是的，正是这种爱的力量，让我们信心百倍，让我们战无不胜。同胞们，坚持住！坚持就有希望！

第六章 大智大勇

大悲铸大爱，大爱铸国魂。在突如其来的地震灾难面前，在刻骨铭心的生离死别面前，我们有目共睹地看到了灾区人民与死神抗争的大智大勇。从9岁孩子稚嫩脸上的坚韧和勇敢，到党员领导运筹帷幄的镇定和机智，我们看到，因为智慧，肩膀变得如此坚强；因为团结，胳膊变得如此强壮；因为无畏，灾难变得如此渺小；面对灾难，我们更加团结！

我们要告诉世界：地震可以夺走我们的生命，但夺不走我们的智慧和勇气！

像林浩这样在地震中挺过来的孩子不管身体是否依然健全，不管家庭是否依然圆满，他们今后的人生必会一片光明灿烂，因为灾难让他们“重生”，让他们体验到了生命的伟大和人性的光辉！孩子们，愿悲伤不再停留在你们身旁，愿你们未来的路充满阳光。

孩子，好样的！
——9岁林浩奋身救同学

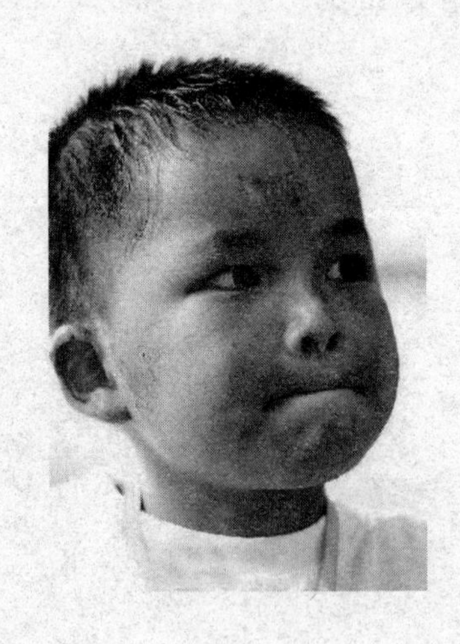

此次突如其来的大地震，袭击最集中、受灾最严重的场所之一即是校园。孩子们都在上课，朗朗的读书声、沙沙的写字声都在一瞬间被废墟掩埋。谁也不会想到一场灭顶之灾会在瞬间爆发，将一个个幼小的身躯残忍吞噬！100，1000，10000……四川大地震遇难者的数字在不断攀升，这里面有多少未成年的孩子啊！看到这一朵朵还没来得及绽放的花朵就这样陨落，整个社会都弥漫着悲伤。于是那些活下来的孩子成为了我们最为牵挂的对象。

“我是温家宝爷爷，孩子们一定要挺住，一定会得救！”这位66岁的老人对着被困孩子大声呼唤着，激动地流下热泪。然而，现在孩子们却用自己的行动安慰着整个社会——他们是坚强的、乐观的、勇敢的、无私的……

在四川省儿童活动中心临时的儿童救助站里，医生正在给一个孩子的伤口进行消毒、包扎。他的头部多处被砸破，左手臂严重拉伤。检查完后，他拒绝了救助站老师帮忙穿衣服的动作，自己翻身从床上爬起来，迅速穿好衣服走出了医院。他叫林浩，今年9岁半，皮肤黝黑，脸蛋圆圆的，十分可爱。整个过程他从没有叫疼，也没有显示出一丝的恐惧或是脆弱，只是乖乖地坐在那里。连医生都对他赞不绝口：“真不敢相信，就那样一个小娃娃居然比很多大人还坚强。”然而，就是这个坚强的孩子做出了一件惊天动地的大事，成为了全中国人民心中的小英雄。

林浩是汶川县映秀渔子溪小学二年级的学生。5月12日地震发生时，他正走在教学楼的走廊上，被上面滑落下来的两名同学砸倒在地，随后又与同学一起被压在了废墟下。当时石板后面传来一个女同学的哭声。小林浩没有害怕，反倒带着同学唱起老师教的歌来。一首又一首，《大中国》唱完后，女同学终于平静了下来。两个小时后，余震也过去了。小林浩开始慢慢挪动身子向外爬。由于个子小，他几经努力终于爬出了废墟。

然而逃出去后，小林浩突然想起里面还有同学。他没有多想，又返回了岌岌可危的教学楼。先是把一个昏倒在楼梯旁的女同学背了出去，交给了校长。转身又跑了回去，把一个男生从里面连拖带拽得弄了出来，又交给了校长。这两个孩子后来都被安全交到了家长手中。小林浩用带有乡音的稚嫩童音讲述了自己救人的经历。据悉，他所就读的渔子溪小学只有31名学生，灾难发生后，只有10名左右的孩子最终幸存下来，而其中就包括小林浩还有那两名被他背出来的同学。

小林浩孤身一人，在映秀留守几天也无法找到父母。和他在一起的只有一个14岁的姐姐和一个妹妹。三个孩子无奈之下只能跟着转移的群众一起朝都江堰走。整整走了7个小时的山路，而后又由都江堰辗转到了成都。19日，小林浩和姐姐、表妹被送到了四川省儿童活动中心安定下来。但当小林浩说起这艰辛的7个小时，却只是平静地一语带过，他稚嫩的生命中已显现出了异于常人的坚强和冷静。

当被问到为什么要这么做时，小林浩义正言辞地说道："我是班长。"于是从那天起，儿童中心的人都叫他"小班长"。虽然这里的每一个人都对他悉心照顾，虽然他表现得很坚强，但是谁都能够察觉出这个孩子心中的不安，因为他还是没有联系上自己的父母。5月19日14点，小林浩皱着眉，认真地折着小白花。他说他要在14点28分默哀时，用小白花悼念那些在地震中死去的人。

他如此的坚强懂事，反倒让大人们感到心痛。按说，这个年龄段的孩子应该胆小而且爱撒娇，平时稍微有点头疼脑热的就要爸爸妈妈照顾，然而在这样的灾难面前，奇迹出现了！林浩用他的行动证明了一个孩子所具有的潜在忍耐力。还记得印度尼西亚海啸时那个十五岁的女孩吗？她凭着上课的知识断定有灾难，就提前预防并告知其他人，结果挽救了许多人的性命。这些孩子向我们展示的是属于孩子的勇敢、坚强和镇定，是属于孩子的荣誉。

在小林浩冲进废墟的一刹那，他没有意识到自己是在成就一番英雄事迹，可能仅仅因为他是班长。这时候孩子的纯真显露无遗，因为他在就任的时候没有任何自私的想法。只是凭着自己的胆略、自己的本能、自己的果敢冲了进去。

而当家人杳无音讯、四处举目废墟的情况下，他没有哭泣、没有不知所措的迷茫，而且徒步走了7小时来到都江堰。而当全国人民把他当作英雄、不断有记者领导来看望他时，他依然那样沉着，好像什么事情都没有发生一样。

我们从小林浩身上看到的不仅是面对灾难时的镇定，我们看到的更是中华民族的强大生命力！谁说这一代的孩子非常自私自利，经不起挫折和考验。面对这样的突发事件，孩子们用行动宣告了他们可以成为祖国的希望和栋梁。因为在死神企图攫取生命的时候，他们依然可以笑着迎接救援人员的到来，依然在废墟中用水电筒看书以驱走恐惧，依然在获救后不忘向解放军叔叔敬礼，依然不忘在废墟中寻找活着的同学……那一张张稚嫩的脸上分明出现了我们在平常无法洞穿的坚韧品质和博大情怀。

马远见只是千千万万个临危受命，救民众于困境之中的党员的代表。他们决断、他们勇敢、他们无私，在大自然的巨大灾难面前，有了他们，就有了主心骨。

三个决定拯救一乡人

——虹口乡“主心骨”马远见

虹口乡，常住人口6200人左右，面积占都江堰的三分之一，和汶川一山之隔，直线距离只有30公里。“5·12”汶川大地震之前，它是一个以漂流闻名全国的小乡镇，是成都市民夏季休闲的好去处。2008年5月12日下午，突如其来的地震改变了这一切，风景秀美的小镇在霎那间面目全非。虹口乡对面山体严重垮塌，块块巨石不断滑落，激起阵阵尘土，通往外界的公路均被堵塞，白水河也被拦腰截断；多数房屋倒塌，道路、通信、电力全部中断，失去了与外界的联系，6000多群众、800名游客受困。然而，危急时刻，虹口乡党委干部临危不乱，为受灾群众撑起了一片天。

地震发生时，乡党委书记马远见正在前往办公室的路上。突然，地动山摇。是地震！马远见立刻掏出手机拨乡党委电话，听筒里没有回音。他当即向乡党委所在地奔去。

路上到处是惊慌的村民。“都不要慌！留在院坝里！”马远见一面奔走，一面大声呼叫四处躲避的村民。

50分钟后，虹口乡抗震紧急指挥部成立。马远见对所有的党委干部进行了分工。当务之急是展开自救，抢救受伤群众，并迅速与外界取得联系，寻求救援。村民周涛说：“危难时刻马书记首先站出来，我们就有了主心骨。”

马远见立刻派人统计乡党委所在地附近村民家中还有多少粮食，并进行集中管理和分配；同时，乡里所有商店中的商品全部集中。“粮食一集中，大家的心就齐了。”周涛说，接下来的几天，大锅煮出来的稀饭保证供应到每个人。

路断了，电话打不通，虹口乡陷入与世隔绝的境地。马远见当机立断，决定派两名乡干部步行出去寻找救援。“我告诉他们，没有路也要趟出一条路，不管想什么办法，都要下山，尽快争取救援！”

“我带人冲出去。”乡长高永强主动请缨。指挥部决定，由高永强带人冲过一段正在塌陷的山道，徒步前往3公里外的成都军区某部寻求救援。救援的第一个目标是乡中心小学，虹口乡中心小学的教学楼已经坍塌，学生被埋。余震不停袭来，流石在身边乱飞。高永强往驻军疾跑，见到有村民就喊“一起去救娃娃！”短短十几分钟，就有几十名村民聚集到中心小学。在学校现场，高永强对前来救援的村民按班级分配，由各班老师现场负责，加上随后赶来的部队战士，到5月13日凌晨，两名被埋学生从废墟中成功获救。

寻求救援回来的高永强参与抢救、安顿完村民后，他飞奔向自己的联系村——红色村。通向红色村的桥已摇摇欲坠，他只能涉水前往对面的村庄。此时已是傍晚，谷底河水湍急，他涉过齐腰身的河水，慢慢挪到对岸。

此时，红色村村民们已被村组干部组织到一个相对安全的地方，大家挤在一起，恐惧、慌乱、无助，这样的气氛笼罩在每个人头上。见到此景，高永强意识到，必须让大家情绪稳定下来，团结一致抵御恐惧。他站在高处对大家说："我到这里来，就是要和大家站在一起，大家不要惊慌，即便是死，我也会死在你们的前头！只要大家团结起来，我们肯定能想到办法。"一句话，让大家的情绪稍稍稳定了下来。

红色村在地震中有6个村民重伤，20多个轻伤。高永强和4名战士及若干村民，抬着伤员往对岸卫生院走去。大雨还在不断地下着，水流比头天还急，他们抬着伤员，一步步往前挪动，20多米宽的河流，他们足足用了2个多小时！

一重伤村民由于流血过多在途中停止了呼吸。泪水冲刷着高永强的脸："不能看着村民再死了，必须把他们救过来！"他带队重新返回红色村，一个一个地将几名重伤村民运了出来。当天下午，前来营救的直升飞机降落在虹口，重伤伤员得以送到山外抢救。

大雨瓢泼，两侧的高山滑坡还在继续。14日凌晨6点，高永强意识到不能再等了，一旦背后的大山发生滑坡或泥石流，300多村民将全部被掩埋。"我们必须尽快转移！"

高永强选出了40多个青壮年和党员干部，将群众分成3个组分批撤离，第一组是老人、妇女、小孩和轻伤人员，由年轻人打头，他和村支书潘虹压后，开始朝峡谷对面的大山走去。由于这组村民无法淌河，他们惟一的通道就是那座摇摇欲坠的危桥，"我们轻轻踏上去，要求步伐不能一致，以免产生共振让

桥体垮塌。”他们成功过了大桥，然后爬上了大山。雨很大，坡很陡，路很泥泞，从早上9点开始行进，下午5点才抵达都江堰。安顿好这些村民，高永强又带着30多个青壮年沿原路返回，带领第二批村民转移。几次往返之后，红色村所有村民均转移到了安全地带。

救援部队到达虹口乡后迅速展开了救援行动，然而由于当地通讯和电力完全中断，无法和上级政府联系。马远见做出了第二个决定：派两名乡干部步行到都江堰市委、市政府报信。乡规划办主任许云富和刘安德毅然接受了任务。

“只见巨大的石头挡在前面，通往都江堰的公路好像突然消失了。”刘安德回忆说。两个乡干部临时组成了一个探路队，并叫上了村民马文强和骞锡红。马文强爬上一棵大树眺望，仔细分辨了小道的方向；其他人则不停地挥动手中的柴刀，砍出了一条通往山下的道路。借助手电筒微弱的灯光，他们一边挥舞着菜刀，一边小心地往下挪动。

这段10多公里的山路，他们爬了整整8个小时。晚上11点，探路队的成员抵达都江堰市抗震救灾指挥中心，最先向市领导汇报了虹口乡的灾情。市指挥中心随即迅速分期分批派出抢险队和救护队，沿着那条才探明的小路直奔虹口展开救援。关键时刻，四位英雄临危受命，用柴刀硬生生开辟了一条“生命之路”：消息从这里传递，伤员从这里抬出，村民从这里转移，物资从这里运进……

是的，地震毁灭了我们的家园，但毁灭不了我们克服困难的决心。马远见只是千千万万个临危受命，救民众于困境之中的党员的代表。他们决断、他们勇敢、他们无私，在大自然的巨大灾难面前，有了他们，就有了主心骨。

因为自救，肩膀变得如此坚强；因为团结，胳膊变得如此强壮；因为无畏，灾难变得如此渺小；面对灾难，我们的民族更加团结！

他们不再是单纯的被救者
——北川气象局局长刘胜

刘胜，北川气象局局长。地震发生后，他强忍着妻子去世的巨大悲痛，带领北川气象职工和家属，成功逃离已经成为一片废墟的北川县城。此刻，他们不再是单纯的被救者，面对灾难，他们无所畏惧，在逆境中勇于求生，显示着生命的顽强！

谁也无法把刘胜与刚逃离大灾、失去妻子这些字眼联系起来，因为就是他，在地震发生后，一直忙碌着营救自己的职工，寻找自己失去联系的职工和他们的家属，照顾惊恐的职工。也许只有在刘胜静下来稍作休息的时候，才能看到他悲伤凄惨的眼神。

在地震发生后，北川县气象局职工们印象中的刘胜，是一个忙上忙下、指导工作组车队前行的领导者。他坚定有力的指挥、沉着冷静的分析，让所有职工和家属吃了颗定心丸——我们有充足的能力自救!

回到5月12日晚七点钟，“5·12”汶川大地震后的四个多小时，绵阳市北川县气象局局长刘胜出现在绵阳市气象局局长王永斌的面前。刘胜的出现着实让王永斌吃惊不小，他简直不敢相信眼前这个人就是刘胜。此时的刘胜满身是灰尘，满脸的鲜血，上衣的胸膛处和裤子早已被乱石撕破，裸露的皮肤上满是鲜血和泥土灰尘的混合物。

在地震发生后，为了将北川灾情及时上报市气象局，刚从废墟中逃命的他在确保北川县气象局职工安全后，不顾身上疼痛，更不顾在途中可能遇到的各种危险，徒步在废墟中走了近10公里，后在朋友的帮助下才顺利来到绵阳市气象局。

事后他平静地说：“当时我的想法很简单，就是想在第一时间将北川的灾情上报给市气象局、省气象局和中国气象局，让他们知道北川发生了什么，及时采取应对措施。震后的北川断水、断电、断气、断通信，北川已无法自救，我们必须主动外出求援。能走多远就多远，尽早找到通信信号，及时向市局领导汇报。”

接连不断发生的余震，随时可能继续倒塌的楼房，山上不断滚落的碎石……这一切都没能阻止刘胜寻求救援的信心。他终于成功将北川的灾情及时上报给市气象局和市有关领导。随后，他又被带到绵阳市抗震救灾指挥部，向市领导直接汇报北川的灾情情况，他也成为从北川重灾区走出的第一个上报灾情的人。

灾难发生后，求生的本能让他根本无暇顾及身上的伤痛。心中就只有一个信念，活着！尽最大可能让自己身边的人也活着！为此他做出了一个惊人的决定——走出北川县城，去绵阳通报灾情，让决策者能够尽快救出受灾群众！

尽管刘胜妻子的工作地点就在县气象局的隔壁，但作为县气象局局长，刘胜在地震后的第一反应就是自己的职工在什么地方。在成功地营救出了自己的同事后，刘胜才去寻找他的妻女。

妻子不幸遇难，女儿幸存，刘胜毅然决定作为县城的第一批冲锋队冲出县城。那时，县城的百姓已经开始自救了。但是由于山路险恶，所有灾民只能分批分拨地离开县城。通信断了，没有人知道他们的受灾情况。所以，他认为不能消极地等待，一定要自己走出去，寻找支援，寻找希望。

一路上，刘胜总是冲在最前面，在犹如汽车般的大石头之间爬上爬下。他只想在第一时间走出去，早一点将情况报告给市气象局，这样，他的职工们就可以早点被营救出来。

当刘胜带着救援队再次回到北川县城时，他才再次来到妻子遇难的地方。看着妻子静静地躺在那里，刘胜悲痛万分。

余震还在继续，必须尽快带领大家逃出县城，多在县城待一秒钟，就多一分危险。刘胜轻轻地抱起妻子，亲吻，泪水又再次与血水和尘土交织在一起。

在这个简单而又庄重的仪式后，刘胜挥泪与自己相濡以沫的妻子告别，与

前来救援的工作小分队一起组织气象局职工有序地撤出北川县城。

确实，面对灾难，他们有很多选择：放弃希望，等待救援，主动求生……但是，像刘胜这样的人没有彻底放弃，也没有消极地等待救援，而是主动出击，带领小分队冲出灾难，给更多的人带来了生的希望！

其实灾区还有无数这样的人：逃生出来后又主动去救援别的受困人员；逃生出来后又多次反复跑进教室抱出自己学生的人民教师；强忍着失去亲人的巨大悲痛与外来救援部队一起坚持抗震救灾、参与救援的基层干部；面对灾难，把旅游者的生命放在第一位，组织大家一起救援的风景旅游区管理人员……一件件涌现出来的事迹让所有人强烈地感觉到：地震中受灾的汶川人民没有屈服，他们挺起了倔强的脊梁，挺起了坚强的胸膛！

断垣残壁、受伤的人群、无助的眼神……这确实是一场突如其来的灾害。逆境中，那些相互帮助的真情故事、那些充满人间真情的感人瞬间，让所有人重新有了百倍的信心和坚强的勇气。或许，每个受灾人员的能力都是有限的，但团结起来，勇于自救，灾难是可以战胜的，需要选择的，只是我们的态度。施救需要勇气，被救更需要坚定的信念。

向所有在逆境中通过自救展现出勇气和坚强的灾区人民致敬！

因为自救，肩膀变得如此坚强；因为团结，胳膊变得如此强壮；因为无畏，灾难变得如此渺小；面对灾难，我们的民族更加团结！

“难度前所未有，但是抢通“生命线”是我们的天职。”——周海涛

抢通“生命线”是我们的天职
——抢通道路的总工程师周海涛

“蜀道难，难于上青天”。特大地震后脆弱的四川交通，更是千疮百孔：地面塌陷，滑坡泥石流频发，严重阻隔了受灾居民和救援人员。站在人民面前，“灾情就是命令”，这是无数的交通抢修人员用生命履行的职责。他们用柔弱但坚韧的双手和肩膀，抢通救援“生命线”，为那些鲜活的生命提供了最大的生存可能。

周海涛，指挥打通国道317线都江堰—映秀段的交通运输部总工程师、赴四川抗震救灾交通专家，在四川地震灾区连续奋战5天，没有休息。我们都知道，映秀是这次四川特大地震中受灾比较严重的地区之一，正是因为如此，打通都江堰到映秀段的公路，便显得更加紧急和必要。在这种紧急的情况下，分

分秒秒都意味着有生的可能，抑或是死的威胁。巨大的压力，使周海涛无比的揪心和焦急。但身为指挥者，他又必须保持比任何人都冷静的头脑，用最科学的方法，节约时间，打通救命专线。

前所未有的硬仗

汶川大地震，如此突然地发生了，让所有人措手不及。此时此刻，周海涛立即率领交通运输部专家，按照交通运输部党组12日晚会议迅速派出专家组和工作组赶赴灾区的决策，辗转近15个小时，于13日深夜赶到了公路抢通现场。在迅速与前期到达并建立灾区现场抢通指挥机构的部省领导会合后，冒着余震迅速赶到本次受灾损毁严重、属抢通公路“硬骨头”的都江堰—映秀镇公路抢通现场。现场的第一处塌方让他意识到，这将是一场前所未遇的硬仗。

从卧龙映秀往东北方向经汶川、茂县、北川，直至青川甚至更远的地方，都处在一条地震断裂带上，上面的山体破碎，土石松动，平时泥石流、滑坡等灾害就很频繁。而这次地震震级太高，达到了罕见的8级，烈度更是达到了11度，脆弱的地质结构在如此强度的冲击下，造成的破坏是毁灭性的，很多路段已经面目全非。而大大小小的余震，一方面加剧了公路的损毁，另一方面也给抢通施工造成了巨大的影响，增加了抢通的难度，在一定程度上影响了抢通的进度。

都江堰经映秀到汶川的国道317线也是最短的一条通道，曾被寄希望于成为率先打通、最为快捷的“生命线”。

啃“硬骨头”

当周海涛来到现场时，真实的场景几乎使他惊呆了。抢通工作面临的第一个难题摆在了眼前：第一处塌方横亘在都江堰—映秀公路上的灰窑沟附近，超过1万立方米的土石块像一座小山，把公路堵得死死的。路的一旁是坡度60度以上的高山，另一旁是波涛汹涌的岷江，公路距江面近80米，留给抢通人员的只有8米宽的一个单向工作面。看到这种情况，只能改变抢修措施。此时此刻，由于余震飞石不断，而且下起了大雨，工作组的领导们不顾个人生命安全，立即展开现场勘查，实地分析，迅速向现场指挥部汇报，并根据指挥部部署的“多头推进、中间开花、两头夹击、协同作战”的战略部署，很快提出了具体抢通方案，并付诸实施。工程人员首先打开一条可供履带式工程机械通过的通道，把5台机械开进塌方中间，每隔十几米打开一个工作面，在6个工作面上同时展开抢通，抢通效率一下子提高了5倍，抢通人员采取换人不停机，24小时不间断的方式，冒着余震不断、重复塌方的危险向塌方路段发起了总攻。第一个困难终于克服了。但是新的问题又出现了，那就是巨石。需要啃掉的第一块巨石就有近一间房子那么大，最大的机械对它也无可奈何，只能进行爆破，经过6次的爆破，终于炸开了这个“拦路虎”。

塌方带来的困难，还只是其中的一部分而已。地震之后，正常行驶的车辆发生了严重的相撞事件，而且很多车瞬间被埋在了巨石下。56辆汽车在大塌方不远处来不及疏散，很多车被塌方掩埋。清理这些车耗时不说，还给工程机械的施工带来了极大不便。面对众多困难，公路抢通人员没有退缩一步，一刻没有停歇，从5月12日20时开始，经过50多个小时不间断的努力，终于在15日凌晨啃掉了第一处大塌方。

坚强来自责任感

为了能够在最短的时间内，抢通这条救命的线路，每个救援人员都付出了巨大的牺牲。在施工现场，所有的公路抢通人员吃饭没有固定时间、休息没有专门场所，所有人最多只能在车里打个盹，但是没有一个人喊苦喊累，没有一个人临阵退缩。周海涛说，支撑所有公路抢通人员日夜奋战的只有一个信念：抢通“生命线”，这是我们的职责。

让工作人员们在劳累之余，无比感动的是，公路还未完全抢通前，便有很多灾区群众自发地开着摩托车或者农用三轮车，冒着巨大的危险抢运伤员，有的还开着自家的拖拉机、拿着铁锹等工具主动加入公路抢通的行列。这也感染着每一个交通人，更加激发了大家的斗志，保证了一条条“生命线”的早日打通。

这次大地震后的公路抢通也让公路施工人员积累了宝贵的经验和教训。经过这次大灾大难的洗礼，我们已经无所畏惧，一定能够战胜一切困难，和灾区人民一道早日重建美好家园。

抢修交通，用自己的爱心和力量搭建起救援的“生命线”，让我们看到阳光下每一个无比珍贵的生命，在熠熠发光，感染着这个世界。汶川大地震让受灾的人们深深地感受到更多的人爱着他们，也让全体中华儿女真切地认识了“以人为本”的含义。

这也许只是在这次大灾难，大悲痛之中，一个小小的缩影，但是却让我们无比踏实和放心，因为一个热爱人民的政府是有力量的政府，一个珍视生命的国家是有根基的国家，一个充满大爱的民族是不会被任何力量打垮的民族！

叶志平的认真负责感动了国人，在网上发起的“2008感动中国候选人提名贴”中，有过半数的网友，都提议让这位“史上最牛的校长”入选。做校长当如叶志平，这不仅仅是学校孩子家长的呼声，更是全体人民的呼声！

责任高于一切，成就源于付出
——最牛的校长叶志平

他叫叶志平，是四川省的绵阳市安县桑枣中学的校长。他所在的学校是一所初级中学，在绵阳周边非常有名，学校因教学质量高，连续13年都是全县中考第一名，周围家长都拼命把孩子往里送。而现在这个矮矮胖胖的校长，却因为创造了在地震中无一师生伤亡的奇迹而名震全国，被誉为“史上最牛的校长”。

5月12日当地震来临的时候，他正在绵阳出差。突然之间大地晃动，他站不稳，只好与学校的总务长互相抱着。手机没信号，电话打不通，第一波震荡过去后，他马上往地处重灾区的学校赶。路上他一句话也没有说，一直惦记着学校那栋没有通过验收的实验教学楼，心里最怕出事的也是那栋楼。

上世纪80年代中，那栋楼建设时，学校没有找正规的建筑公司，断断续续地盖了两年多。到后来，没有人敢为这栋楼验收。这样新的实验教学楼盖好

了，老师和学生却谁也不愿意搬进去，谁都知道这楼的建筑质量是怎样的。

那个时候他还是普通教师，也是学校为数不多的党员之一，别人不敢搬，他只好带头搬。刚搬进去时，楼里的栏杆都是摇晃的。灯泡参差不齐，教室本应雪白的墙上，只有白灰，什么都没有。

后来，叶志平当了领导，下决心一定要修好这栋楼。他发现新楼的楼板缝中填的不是水泥，而是水泥纸袋，便找正规建筑公司，重新在板缝中老老实实地灌注了混凝土，并将整栋楼的22根承重柱子，按正规的要求，重新灌水泥，将柱子从37厘米直径的三七柱，加粗为50厘米以上的五零柱，他动手测量，每根柱子直径加粗了15厘米。甚至楼外立面贴的大理石面，只贴一下还不行，他不放心，怕掉下来砸到学生，他让施工者每块大理石板都打四个孔，然后用四个金属钉挂在外墙上，再粘好。

这栋实验教学楼，建筑时才花了17万元，光加固就花了40多万元。当时有人还不理解他为什么会对这栋多年来都没人管的楼“大动干戈”，但是他知道，教学楼不建结实，早晚会出事，出了事，没法向娃娃家长交代。

作为校长他了解有不少的学校由于安全工作没有到位出现了很多本不应该出现的事故，他不能让这样的危险也降临在自己学生的身上。所以，他从2005年开始，每学期要在全校组织一次紧急疏散的演习。他会事先告知学生，本周有演习，但学生们并不知道具体是哪一天。等到特定的一天，学校会突然用喇叭喊：全校紧急疏散！每个班的疏散路线都是固定的，学校早已规划好。两个班疏散时合用一个楼梯，每班必须排成单行。每个班级疏散到操场上的位置也是固定的，每次各班级都站在自己的地方，不会错。孩子们事先还被告知的有，在2楼、3楼教室里的学生要跑得快些，以免堵塞逃生通道；在4楼、5

楼的学生要跑得慢些，否则会在楼道中造成人流积压。他对老师的站位都有要求，老师们要站在教学楼的拐弯处，这个地方最容易摔倒，学生们如果在这里摔倒了，老师可以把他们从这里扶起来，不至于被踩伤。

地震那天，他不在学校。学生们正是按着平时他要求的也练熟了的方式疏散的。由于平时的多次演习，地震发生后，全校2200多名学生，上百名老师，从不同的教学楼和不同的教室中，全部安全疏散到操场，以班级为组织站好，用时1分36秒。学校所在的安县紧临着地震最为惨烈的北川，学校外的房子百分之百受损，学校里8栋教学楼部分坍塌，全部成为危楼。而他最为担心的那栋他主持修理了多年的实验教学楼，没有塌。从11岁到15岁的娃娃们，都挨得紧紧地站在操场上，老师们站在最外圈，四周是教学楼。

当他回来看到这样的情景，腿都软了，瘫坐在地上，55岁的他，哭了。当通信恢复后，老师们接到家长的电话，会扯着嗓子大声骄傲地告诉家长：我们学校，学生无一伤亡，老师无一伤亡——说话时眼中噙着泪。

可能会有很多学校都搞过安全教育，搞过紧急疏散，但是能像叶志平这样一搞就是几年的时间，并且一丝不苟的，没有几个。他当时这种做法，也引起了很多不解和非议，但是正是他的这种固执，才在灾难到来时挽救了众多孩子的性命。在他学校的墙上写着这样一句话："责任高于一切，成就源于付出。"这不仅仅是个标语，还是他行动的标尺。

叶志平的认真负责感动了国人，在网上发起的"2008感动中国候选人提名贴"中，有过半数的网友，都提议让这位"史上最牛的校长"入选。做校长当如叶志平，这不仅仅是学校孩子家长的呼声，更是全体人民的呼声！

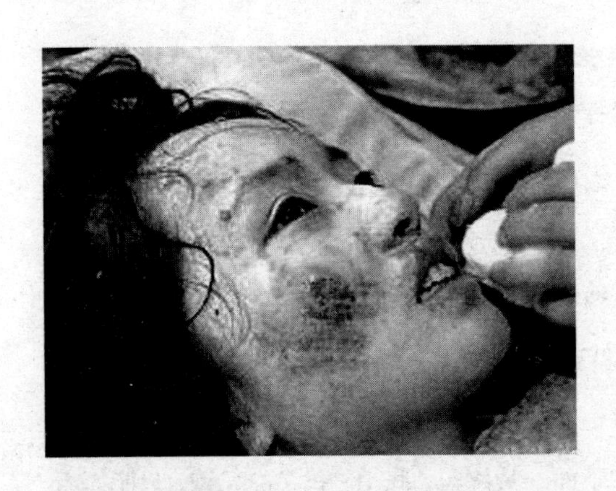

在她的身上凝聚着一个民族的骨气；在她的身上透出一个民族不屈不挠的追求；在她的身上有一种贫穷但却志存高远的自傲；在她的身上我们看到了一个民族奋发进取时的身影。“下面一片漆黑，我怕。我又冷又饿，只能靠看书缓解心中的害怕！”成了一句感动中国的话。

黑暗中的一束光

——废墟中打着手电看书的女孩

突如其来的灾难，让蓥华镇中学的教学楼瞬间垮塌，100多名还在上课的学生就这样被埋在了废墟下，生死不明；废墟内外两个世界，但是他们都在努力着：废墟外，抢险官兵们在冒雨进行着一个个科学的“定点定位”施救，抓紧时间争取把每个孩子都交回父母手里；废墟里，幸存的学生们面对“死神”威胁，表现出了令人感动甚至佩服的勇气和意志，上演着一个个生命的奇迹和一幕幕感人的故事………

在乱石堆中，每看到一具学生的尸体被挖出来，在场的人们就会默默地流泪，曾经充满活力与激情的孩子们现在却变成了僵硬的尸体，谁都不敢相信眼前的画面。然而，突然间，一束光亮穿透灰蒙蒙的雨丝，照亮了每一个人的心。

武警水电三中队的抢险官兵搜索废墟时，发现了又一个女生还活着，便立即进行救援。然而当一层层的废墟被清除，女孩渐渐重见天日时，眼前的一幕让官兵们感动不已，甚至是震惊——这个坚强的女孩正在废墟里面打着手电筒看书。她用颤抖的声音，说，“下面一片漆黑，我怕。我又冷又饿，只能靠看书缓解心中的害怕！”老师陈全红一下子哭了，“好孩子，只要你能活着出来，就比什么都好。”清清被送进医院的时候，头上有一个开放性裂口，全身有大面积软组织挫伤，幸运的是没有伤到要害部位。对于她在废墟里看书的行为，很多人觉得不可思议，在她自己看来，这只是为了找点事做，好忘记来自周围的恐惧。

这样一位蓥华镇中学的普通女学生——邓清清，遭遇地震而被埋在废墟中，为战胜黑暗和恐惧，她打着手电筒默读课本为自己壮胆。她用她的坚强与死神进行搏斗，用她的坚强让全世界动容。“手电筒女孩”，你是如何做到如此从容镇定？到底是什么信念支撑着你？因为，在你身上我们看到的是绝非平凡的光芒。

邓清清从小就是一个吃了很多苦的孩子。她的家住在什邡市蓥华镇海拔两千米左右的山上，山上不通汽车，只能步行，从学校到清清家要走近四十里的山路。因此，清清每个星期才能回家一次，其余的时间都是一个人独自在学校照顾自己。在学校和家之间，十三岁的清清就这样一趟一趟地往返，这条路

上留下了她的足迹。清清的父母都是农民，家里非常贫困，父母省吃俭用，最大的期望就是希望女儿能够考上大学，走出大山，这也是清清一直以来的愿望，因为只有这样，才能帮助家里摆脱贫困，让父母能过上好日子。

邓清清从小就是一个勤奋好学、成绩优异的孩子。父亲说，“清清从小就学习非常认真，很乖，很懂事，也很坚强。”老师说，“清清每个星期回家时，总要带着一个手电筒。从学校到家里近四十里的山路上她一只手拿书、一只手拿手电筒，边走边看。”家中的墙上到处都贴着清清获得的奖状。她的床头上，还有这样一段文字，是清清写给自己的话——“邓清清加油：你只要努力，去勇敢面对困难，去克服一切的困难，你就会成功！”因而父亲对于女儿在地震中打手电看书的行为并没有觉得很意外。

邓清清是一个有理想的孩子。地震发生后，清清在废墟中无法爬出去。接连而至的瓢泼大雨更是雪上加霜。然而在黑暗中，她一直在想自己的父母，想着自己有朝一日走出大山的情形。“将来回报父母”，是支持她坚持下去的最大动力。“我最大的心愿就是今后长大了挣很多钱，给父母盖一栋大房子……”她说。给父母盖一栋大房子，对于很多成年人、山外面的人来说这个理想实在太容易实现了。但对于从小就饱尝贫困的清清来说，那就是目标、那就是希望。

邓清清是一个坚强的孩子。她毕竟是一个孩子，虽然她想要出去实现理想，但她还是会恐惧、会害怕。她没有大声喊叫、也没有不断哭泣。她坚信一定会有人来救她，她所能做的就是耐心地等待。为了驱走令人颤抖的黑暗，她马上想到了读书。周围散落的课本随处可见，但是没有光怎么办。但这时，旁边被埋的同学从缝隙中为她递过了一支手电筒。清清说，她永远也忘不了被埋住的那一刻，永远不会忘记身旁给她鼓励和关心的同学，更忘不了递过手电筒的那只温暖的手。

在邓清清的身上凝聚着一个民族的骨气；在她的身上透出一个民族不屈不挠的追求；在她的身上有一种贫穷但却志存高远的自傲；在她的身上我们看到了一个民族奋发进取时的身影。“下面一片漆黑，我怕。我又冷又饿，只能靠看书缓解心中的害怕！”成了一句感动中国的话。

而就在她的旁边，另一名叫罗瑶的女孩子，在被压在废墟里手脚受伤的情况下，仍靠着顽强的“钢琴梦想”激励自己不要入睡，最后成功获救。初二(2)班的女生蒋德被救援人员挖出后的第一句话竟是“她还活着吗？她在哪儿，我想见她。”“她”指的便是黑暗中一直陪伴她、鼓励她的初三(1)班的廖丽同学。救援人员没有让蒋德失望，一个小时后成功救出廖丽。在生与死的考验中她们结下了一段一生都难以忘记的情谊。这样的例子很多很多，每一个都那么动人，那么美丽。这一切，不管是坚强的人们，还是伟大的人性，都是一个民族历经万般磨难之后走向崛起的希望。

我们的孩子不再是娇小的花朵。他们幼弱的生命和心灵，以超乎我们想象的懂事、乐观和顽强，向我们展现了中国未来的美好。在这里，我们要对这些孩子说：“将来的你们一定会成为祖国的栋梁！”

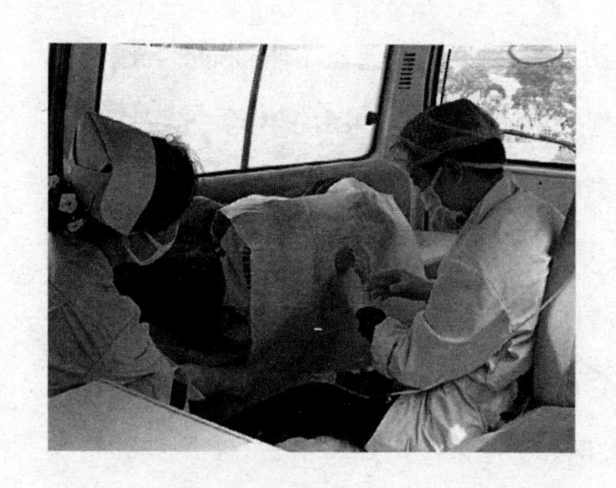

平凡孕育着伟大，奉献酝酿着崇高，奋斗在救灾一线的白衣天使，是你们，照亮长空，成为人们心中永远闪烁的恒星；是你们，播撒希望，换来灾难过后纯洁的新家园！

地震中的阑尾手术
——无所畏惧的白衣天使

“平时没发现你有这么美丽，人间的天使穿一件圣洁的白衣，在无硝烟的战场上你与病魔零距离。”一曲《白衣天使》，唱出了千千万万人们的心声。面对着突如其来的地震灾难，白衣天使们没有退缩，他们手持手术刀，战斗在和病魔抗争的第一线，也战斗在与灾难抗争的第一线。他们是天使，也是英雄。

64岁的杨方友在5月12日中午12时吃过午饭后，忽然下腹剧痛。经医院检查后，被推进了住院部大楼4楼的2号手术间。手术小组由医生曾令春、易勇、见习医生邹建文、麻醉师陈峰、巡回护士鄢蓉、器械护士张玉芯，还有一位实习生组成。手术开始了，易勇持手术刀，在病人的右下腹切开了一个6厘米左右的小口，接着分开肌肉。经验告诉他们，病人是化脓性阑尾炎，且体部穿孔。曾令春在易勇和邹建文的协助下，完成了阑尾切除和残端缝扎。医生们在伤口旁打了一个小洞，准备放入引流管。此时，正是下午两点二十左右，地震即将发生，手术有条不紊地进行着。

突然，一阵剧烈的震动袭来。住院部大楼开始猛烈摇晃，手术器械偏向左边又倒向右边，柜式空调摇晃了两下，从墙上倒了下来。曾令春惊惶地喊了声："地震！"

曾有过两次地震经历的陈峰指着门叫道："那里安全，快去！"7名医护人员奔向了手术室的大门，紧紧抱住木门。手术台上的无影灯，微微闪烁了一下，熄灭了！令人心悸的震动终于停止了。曾令春看了看同事们的脸，每个人的眼里都写着惊恐，每张脸都因为恐惧变得煞白。然而他们却毅然放开了抱着手术室大门的手，继续手术。

麻醉师陈峰事后回忆说，那一刻，他害怕房屋会垮塌，但还是希望能先将手术做完，"总不能丢下病人。"

也许他没有想过，可能手术还没做完，他就再也走不出这扇门。而陈峰想的很实在，他说，如果带着手术中的病人一起出来，他们将无法同时携带手术器械，而且病人极易感染。作为医生，唯有给病人尽快做完手术，这是惟一的选择。这也是他的职业要求。

继续手术！没有人有异议。手术室的大门仅咫尺之近，却没有人冲出大门逃生。时间一分一秒地过去，巡回护士鄢蓉和实习生一起，取来了应急灯。医生们开始整理医疗器械。中断的手术再次开始了，医生们取出杨方友腹部手术切口处的纱布。突然，第二次猛烈的震动再次袭来，他们再次狂奔向大门，紧紧抱住。

几秒钟后，一切又恢复了平静。他们相互对视，从对方的眼中看到了坚持。于是，医生们又重新回到手术台前，没有人说话，手术室里像平时任何手术一样有条不紊。陈峰说，既然第一次剧烈震动时他选择了留下，那么第二次也就没有必要离开，这是一名普通医生的责任。

此时，两个护卫推开了手术室的大门，着急地召唤："赶快撤离！"医生们回答说："我们做完就出来！"

大地一次又一次晃动，陈峰对杨方友轻轻说道："我们都在，不要担心。"杨方友没有说话，在这地震随时可能带走生命的时刻，他信任为他留下的医生。窗外，其他医生、护士和病人都已转移到空旷处。总共4层的住院大楼空了，只剩下这间手术室里，还有人争分夺秒忙碌着。…

缝合了腹部，固定好引流管，再对切口进行了包扎……手术终于结束了。下午三点。短短的半个多小时，在每一个人的感觉里，却是那样长，长得跨越了生死。

手术完成后，大家一起将杨方友抬下4楼，放在了住院部大楼外的空旷处。楼下已经人山人海。面对这特别的手术，杨友方的儿子感动得热泪盈眶，他跪在花园的草坪上，蹦出了两个重若千斤的字眼："感谢！"

安顿好杨方友，麻醉师陈峰在人群里突然看见了自己的爱人，她是医院内科的医护人员，此刻正在忙碌着。夫妻俩目光相交的瞬间，陈峰心里很激动："她还活着。"但他们顾不上倾诉内心的恐惧和劫后余生的狂喜，因为医院的空地上，躺满了伤员。…

此刻，曾令春甚至来不及想想84岁的老母亲，3个姐姐，1个妹妹，还有自己的妻子女儿，就投入到病员的抢救中。下午4点钟，曾令春收到了在成都读大学的女儿发来的报平安短信。他忙碌到凌晨两三点，才终于合了下眼。5月13日清晨6时许，他便起床了。这时，夫妻俩才终于见面了。然而天一亮，他们又投入到伤员的救治当中。他们洁白的身影好似天使，为人们带来生的希望和快乐。

"披一身圣洁你是如此美丽，怀一身绝技你却默默无语，人们以崇高的名义把你的奉献深深记忆，人们以深情的传颂把爱心真谛演绎"。他们踏着南丁格尔的足迹，秉承白求恩精神，"噢！美丽的白衣圣洁的白衣，天使的青春抒写着你的传奇"。平凡岗位上他们用青春和年华，换来无数病人的微笑与感谢；他们用无私和汗水，书写救死扶伤的伟大篇章。平凡孕育着伟大，奉献酝酿着崇高，奋斗在救灾一线的白衣天使，是你们，照亮长空，成为人们心中永远闪烁的恒星；是你们，播撒希望，换来灾难过后的新家园！

第七章 生命色彩

迷彩和警徽传递着温暖和爱。

他们是历史上、世界上第一流的战士，第一流的人！他们是世界上一切伟大人民的优秀之花！我们以我们的祖国有这样的英雄而骄傲，我们以生在这个英雄的国度而自豪！

他们是我们最可爱的人！

他们没有华丽的语言，只有铁的纪律；他们是有泪不轻弹的男儿，但却用血来祭奠亡灵。他们奋不顾身，不畏艰险，为抗震救灾作出了巨大的牺牲和贡献。其中就有这样一批战士，他们像蒲公英一样最先降落到了充满泪水与悲伤的废墟中，给绝望的人们带去了希望。

蒲公英的种子
——伞兵大降落

蒲公英的种子漫天飞舞着，那么飘逸、那么灵动、那么纯洁。然而，它们之所以令人如此心醉，就在于那白色的伞下承载着生命的希望。它们飘落的地方一定会长出代表未来和新生的绿色小草。

地震发生后，汶川、茂县和外界彻底失去了联系，加之连续两天的滂沱大雨，每个人的心都紧紧地收缩着。“里面发生了什么”，“受灾人民怎么样”等种种问题困扰着整个社会。由于陆路、水路已经全部被堵死，短时间内根本不可能修复。因此空降伞兵成为进入茂县惟一的可能。

其实，地震发生后，我军曾多次试图向灾区空降，但都没有成功。当时余震不断，气候恶劣。震区位于海拔五千米的高山之中，地形十分复杂。这个地带相距十余米就有上百米的落差，这对空降是十分危险的。再加上空降区有浓雾，能见度极低，风速也很大，空降技术动作操纵困难。而且，茂县只有一个场所适合伞降，大概宽800米、长1700米。而一般的伞降空降场需要长3000米，宽2000米。再加上无地面指挥引导、无地面标识、无气象资料的“三无条件”，让这次空降任务倍加艰巨。

14日11时23分，气象报告称灾区上空有局部晴空。指挥部下令：抓住有利天气，立即进行汶川空降。由于自然条件恶劣，最后派出的是一支由一百零八人组成的空降兵特种大队。

11时35分，飞行高度已经达到5000米。由于高空缺氧，战士们都出现了胸闷、头晕现象。同时发现茂县上空云层出现空隙。队长李振波命令战士做好跳伞前的最后准备。副参谋长大声喊道：“同志们，党和人民考验我们的时候到了。灾情，就是命令！灾区的老百姓，灾区的群众，正期盼着我们！”

11时40分，随着一阵巨响，一阵白雾在机舱中迷漫，开始放氧以增加高空舱内含氧量。这时一位战士对另一位战士说：“下去之后，不管在哪儿，如果你比我快，你找我。如果我比你快，我找你。” 战士们都微笑着举起了大拇指，显示出他们必胜的信心。

11时48分，“嘟、嘟”尖利的警报声音骤然响起，舱门徐徐打开。伞兵们迅速起身，按顺序向舱门靠拢。这时，又一声尖利的警报声响起，领队李振波第一个跳出舱门，随后一名名伞兵依次跳下，在茂县上空绽开朵朵伞花。由于云层缝隙狭小，这次只跳下了7名伞兵。

12时零9分，飞机盘旋着飞回第一次的空降点，第二批8名伞兵按计划完成伞降。

12时26分，伞降人员从灾区发回了报告，15名士兵安全着陆，无一伤亡。他们主要负责通信联络、灾情勘察、情况上报等任务。而他们随身背负有小型卫星站、超短波电台、夜视仪、全球定位系统等先进的通信和侦察装备，为任务的顺利执行提供了保证。

当勇士们着陆收好伞后，地面上的乡亲们争先恐后地握住他们的手，一位老大爷老泪纵横地说：“娃娃们，你们辛苦了！” 瞬间，一大群男女老少，从四面八方跑了过来，向着直升机，齐刷刷地跪下，嘴里喃喃不停，有的还拿出红绸带，尽情挥舞。战士们都被眼前的一幕震呆了，那些头缠绷带的百姓让他们感受到了自己的责任。于是他们没有耽搁一分一秒，迅速集结，兵分四路向不同地域进发，迅速与茂县县委、县政府取得联系，顺利开展了侦察和救援活动。

15时，士兵第一次传回了茂县灾情。随后他们依靠携带的两部海事卫星电话，4天来每半小时与指挥部联系一次。一条条灾情报告、引导信息从茂县传来，在后来的救灾部署、空投救灾物资、装备大规模进入等方面发挥了重要作用。而这15名战士没有一个告诉家人自己将要执行的任务，大多数人都是回来休整时才向家里打电话报平安的。

他们是最可爱的人，当一方有难时他们总是冲在最前线的人，1998年的大

洪水、今年的汶川地震都是如此。他们送来救灾物资，抢救受困人员，他们用意志筑起钢铁般的长城。在绝望的时候，只要有他们的身影，我们就会安心许多。他们是黑暗中的第一束光明。只有15人的他们也许无法展开大规模的救灾活动，但是却给人们带来他们最需要的希望!

汶川大地震震撼了世界，因为灾难的悲惨也因为中国的坚强。在整个抗灾过程中，涌现了许多可歌可泣的事迹，我们的人民子弟兵再一次成为抗震救灾的主力。他们没有华丽的语言，只有铁的纪律；他们是有泪不轻弹的男儿，但却用鲜血来祭奠亡灵。他们奋不顾身，不畏艰险，为抗震救灾作出了巨大的牺牲和贡献。

这是生命的迸发，这是救援的号角！当灾难突如其来时，他们选择了无畏面对和勇往直前。他们的迸发和挺进为后续救援部队提供了导向，他们的救援使得灾区人民安定下来，感受到了生存的希望！他们就是救星，用徒步急行21小时的奇迹开辟生命通道！

为生命开辟通道
——21小时的徒步急行军

汶川地震，神州震撼！5月12日14时28分汶川大地震发生后，全世界的目光聚焦在有10万人口的汶川县城：道路中断、电力中断、通讯中断、山体滑坡、余震频发……在这种情况下，震后第一时间的救援关系到成千上万群众的生死和希望。

王毅，武警某师参谋长。灾情就是命令，震后，武警部队党委第一时间命令武警某师不惜一切代价向重灾区汶川挺进，尽快开辟“生命通道”，突入汶

川实施救援。接到命令，王毅带领200名突击队员紧急奔赴汶川灾区。由于通往汶川县的公路因山体塌方严重堵塞，开进途中，他和救援部队克服山路崎岖、大雨滂沱、险情不断等困难，翻山越岭、分秒必争。13日1时，摩托化开进的部队行至古尔沟，地震造成的山体塌方将通往汶川的山路彻底覆盖。后面是滞留在泥泞中的漫长车队，眼前是塌方碎石，想想10万生死不明急需救援的汶川群众，王毅心急如焚。“带上精干力量，不惜一切代价徒步向汶川进发。”王毅果断决定部队弃车徒步向灾区进发，率领200名官兵组成的先遣队强行军向汶川挺进。此时，路上到处都是塌方，70%以上的路面损坏，桥梁全部被毁，加之连续的大雨，救援人员迎着6级狂风，每前进一步都十分困难。王毅带领官兵们相互搀扶，边开路边前进。遇到山谷，大家上山时就手脚并用，一步步爬着往上挪；下山时，大家就像坐滑梯一样往下滑。天黑了，就每6个人分成一组，一组1个手电筒，有时刚走过一个路段，背后就发生了塌方险情。战士刘强的脚被山下滑落的山石砸伤了，但他硬是咬紧牙关，一步也没有掉队。

早一秒进入震区，就能早抢救一个生命，往前走，早一点到达震中灾区。13日16时15分，官兵们一路疾驰至车皮沟时，由于长时间山水、雨水的浸透，前面一道10米多宽的泥石流挡住了去路。面对险阻，王毅和连长白文汉率先跳进泥水中，200名先遣队员随后一个接一个地手拉手，趟着齐腰深的泥石流艰难前行。泥石流中的碎石、杂木不停地击打着官兵的身体，当官兵们忍着疼痛闯过了这道“鬼门关”时，个个都成了“泥人”。

13日23时15分，王毅参谋长带领这200名勇士，历经21个小时，徒步强行军90多公里，成为第一支到达汶川县城的救援部队，并立即用海事卫星电话向上级报告了汶川情况。自此，震后隔绝了33个小时的汶川与外界有了联系，这也为党中央、国务院部署抗震救灾工作提供了重要参考。

此时，王毅和他的挺进小分队，所有人的脚上都打起了血泡，每个人的腿都跌伤、碰伤……面对废墟下的呼唤，重灾之中，王毅带领官兵迅速投入与“震魔”较量的生死争夺战。“子弟兵救我们来了！子弟兵救我们来了！”翘首以盼的汶川百姓看到官兵们的身影时，哽咽着奔走相告。——最先抵达汶川县城的武警挺进小分队，成了这个震中小县的生命希望。他们冒险获取的消息被源源传到成都，传到北京——救援汶川，一场与死神赛跑的生命接力随之展开。

进入汶川后，王毅在立即组织3个巡逻分队对银行、超市等重要场所、目标进行警戒的同时，把主要兵力迅速投入到与“震魔”较量的生死争夺战中。

龙溪小学是汶川县城受灾最严重的地方，有多名师生被埋在废墟下。根据生还教师提供的信息，王毅带领官兵们立刻投入抢险。王毅第一个走上4米多高的废墟，拿起手中的工具挖起来。党员班长李强的手套被磨破了，干脆脱掉手套，搬走倒塌的水泥块。“叔叔，快救救我，给我点水喝……”一个细小微弱的声音传进王毅的耳朵。在手电筒的照明下，他在一个垮塌楼板的夹缝中发现了一个幸存的小男孩。在稳定小孩情绪的同时，他迅速派一名体形较小的战士钻进夹缝，采取里面托、外面拉的方法，将小孩及时救了出来。

“龙溪镇、映秀镇请求紧急救援！”官兵们又马不停蹄地展开救援。

在救援的同时，他们也在等待后续救援部队的赶来。终于，当后续部队的470名官兵陆续赶来时，汶川的群众说：“我们有救了！”面对一双双期望的眼睛，血肉相连，王毅带领官兵们迅速开辟生命救助通道。残垣、断壁、缺药、缺衣……这是13日23时15分王毅和他的挺进小分队到达汶川县城时见到的场景。

必须尽快开辟生命“救急通道”，让外面的赈灾物资送达重灾区汶川。

于是，顶着狂风大雨开辟空降场成了他们的第二个任务。官兵们把空投场地选在雁门镇的广场，但由于受滑坡的影响，广场上崎岖不平，滚满了大大小小的石头。这对没有任何重型工具，已经山路奔袭一昼夜的王毅和他的挺进小分队来说，无疑是一个巨大的挑战。

但是王毅组织官兵们用铁锹一下一下地将废墟铲掉，用手将石头一块一块抬走。工具不够，官兵们就用脚踩，有的找来大木棒一下一下地往里夯。

这是与死神赛跑。受伤的群众正等着药品救治，等着食物和饮水！早一分钟修好，就能早一分钟空投救灾物资！

不到一个小时，一个足球场大的空投场被平整好！与此同时，小分队的另一路官兵也在威州镇开辟了空降场，设置了空降标志。劳累、饥饿、肿痛……在汶川奋战了几十个小时的王毅和他的小分队似乎全然忘却了这些感觉，完成平整空降场地任务后，他们随即又兵分6路，开赴龙溪镇、映秀镇等6个乡镇运送粮食、帐篷等急需物资。

经统计，王毅带领官兵投入救援行动，陆续救出遇险群众407人，安全转移群众5000余人。5月15日，武警部队司令员吴双战、第一政治委员孟建柱、政治委员喻林祥签署通令，决定给抗灾中率部队首先进入汶川县城的王毅记二等功。

这是生命的迸发，这是救援的号角！当灾难突如其来时，他们选择了无畏面对和勇往直前。他们的迸发和挺进为后续救援部队提供了导向，他们的救援使得灾区人民安定下来，感受到了生存的希望！他们就是救星，用徒步急行21小时的奇迹为生命开辟通道！

灾区人民说，“我们信赖这支部队。”简简单单一句话，让所有灾难在军民面前黯然低头，也在共同的灾难面前，体现出了真挚的军民鱼水情。

军民鱼水情
——爱兵如子的乡亲们

老大爷跪求战士收下饼干

一队武警官兵在映秀执行任务时，碰到了一位匆匆赶来的老人。老人走了几公里路来给战士送饼干，他背了整整一麻袋，口袋口扎了几层，他对战士们说：“这个很干净的。”非得让战士们收下，说如果不收下，他就跪下不起来。“我感谢你们，确实感谢你们……”这句话反复在老人口中重复，朴实而诚恳。这种感谢的方式，这种倔强得一定要人家领情的方式，这种感恩和这种大情大性，让人忍不住哽咽。

记者采访他的时候，他反复说："这些娃儿这么年轻，我们真的很感谢他们啊！"

军民鱼水情的口号不是空喊的，在震后的灾区，随处可见。"军爱民啊民拥军，军民鱼水一家亲！"

懂得感恩的民族才有希望，我们身边有太多美好的故事，有这些，就足够让我们生生世世爱这个国家，爱这个民族!

人民子弟兵在灾区争分夺秒地救人，把人民的生命安全摆在第一位。这一切，群众看在眼里，记在心里，也用实际行动对子弟兵做出了回应。

一顿饭背后的军民情

在济南军区的一支部队准备机降映秀前休息的几分钟，当地的老百姓看到他们如此辛苦，又听说他们已经几十个小时没有吃上一口饭、没有喝上一口水时，自发地组织起来给战士们送食物——煮鸡蛋、米粥、馒头、腊肉等。虽说战士们又累又饿，但是"不拿群众一针一线"是部队的纪律，再加上粮食紧缺，这个地方又是重灾区，因此战士们一次又一次地拒绝了乡亲们的好意。就在战士们准备上路的时候，让他们难以忘怀的一幕出现了：一位年近八旬的老奶奶毅然跑到队伍的最前面，拦住战士们，并且跪下求他们吃一口、喝一口！直到官兵们每个人领了一份干粮，这里的群众才和官兵们依依不舍地告别。老人这样做是把他们当成自己的孩子一样心疼，虽然老人在地震中失去了亲人，但是这些战士就是她的亲人！

这就是人民的子弟兵，这就是人民群众的战士！有这样的军人，这样的军队，还有什么困难可以压倒中国人民？还有什么灾难可以战胜我们？还有什么比这军民鱼水情更能触动人的内心？看一下什么是人民，什么是军队？我们不禁会问，为什么会发生这感人的一幕幕？因为这就是中国的军队——全心全意为人民服务的军队！

人民是水，军队是鱼，水离不开鱼，鱼也离不开水，这样的人民是淳朴的人民，这样的军队是世界上最贴心的军队。

灾害无情人有情，危难又见子弟兵。如同每一次发生自然灾害一样，当这场罕见的大地震袭来时，人民子弟兵又一次出现在挽救人民生命的特殊战场。在北川、在绵竹、在什邡、在映秀、在汶川、在都江堰，在地震灾区的一个个城市街区，一座座乡镇村寨，在房倒屋塌的一处处废墟，解放军和武警官兵与死神展开着殊死的搏斗。不辞长途跋涉的劳累，不畏余震时发的危险，不顾水米不进的饥饿，官兵们的信念坚定不移——救人！救人！救人！

一个个年迈体弱的老人，被一副副强壮的肩膀从危房里背出；

一个个废墟深处的孩子，被一只只有力的臂膀缓缓地托起；

一个个伤情严重的伤员，被一双双灵巧的双手从死亡的边缘拉回。

“解放军来了，我们有救了！”经受生死劫难的灾民们，看到风尘仆仆赶到眼前的官兵们，悲喜交加，泪流满面。

“谢谢恩人解放军！”在一座座倒塌的校舍前，一个个获救孩子的年轻母亲，在官兵面前长谢不已。

……

这一幕幕感人至深的场面，人们在唐山抗震时看到过，在九八抗洪时看到过，在今年年初的抗击雨雪冰冻时也看到过，但今天再次看到，人们依然被深

深地感动。

在人民群众的心目中，绿色的军装，就是希望；金色的军徽，就是救星。

“人民生命的保护神”、“危难时刻更显军民鱼水情深”、“你们是我们心中最可爱的人”、“因为你们，我们不会害怕！”无数人在网上留言表达自己对新时代军人的感激之情。的确，抗震救灾中，官兵们连续奋战，本就潮湿的衣服，又被不断渗出的汗水浸透，但他们在条件恶劣、险象环生的环境下，不怕流血、不怕牺牲，只要有一丝希望，就用百倍努力去搜救，尽可能挽回被埋压群众的生命。

灾区人民说：“我们信赖这支部队。”简简单单一句话，让所有灾难在军民面前黯然低头，也在共同的灾难面前，体现出了真挚的军民鱼水情。

当灾害突然袭来，人民生命和财产受到严重危胁，国家和人民急需时，军队第一时间冲了上去。几天来的艰苦奋战，军人们用“人民军队爱人民”的赤子之心，挽救了数万灾区人民的生命，谱写出一曲曲感天动地的生命赞歌。

我要回去战斗

——永远的先锋

2008年5月17日下午4时许，四川康骨医院紧急收治了一位特殊伤员，这位伤员不是灾区的群众，却让所有在场医护人员都感动落泪。

5月13日，19岁的解放军某部士兵汪洋随部队从河南开封抵达成都后，立即投入紧张的救援工作。他在连续工作3昼夜后，因严重脱水而晕倒。被120急救车送倒医院时，他已经休克，医生确诊汪洋有生命危险，并立即对其进行抢

救。下午5时，经过医生近一小时的全力抢救，汪洋的情况已经基本稳定，汪洋醒来时，身体十分虚弱，却要挣扎着从病床上起来。他每次恢复知觉后，对医护人员说的第一句话总是："不能给部队丢脸，我要回去继续投入战斗。""太感人了，以前只在电视上看过这情景，今天我亲眼看到了。"该院一位医生红着双眼说。

是啊，中国有多少这样的人！还有多少这样的战士，无法统计。他们是永远的先锋！永远战斗在第一线和最危险的地方。

在抗震救灾的第一线，我们到处可以看到这样的一群年轻的身影！

这是一群救人的人。在休息的间隙，他们用心记录下在灾区的点点滴滴：有悲、有喜、有辛酸、有眼泪。虽然他们的专业不同，思考问题的方式不同，但有一点却是相同的，不管多苦、多饿、多累，始终抱着同一个信念："我要救出更多的人！"在灾难面前，正是这群人，战斗在最前线！

他们的事迹无处不在：

5月16日下午6：30分左右，经过近十个小时艰苦接力，济南军区官兵从2800米高山顶上解救下来16位老人。官兵们为了营救这16位老人徒步行进了四个多小时，到达山上之后紧急搭了几个简易的帐篷，有的老人身体好一点就背着往下走，到了几处非常陡峭的山壁上，他们躺在下面一点一点拖，几个战士身上一道一道的血痕，血流不止，用了6个多小时把16位老人救下了山。当地的群众知道这些英雄官兵时都鼓起掌，喊："人民子弟兵就是我们的保护神。"这是一种怎样的感激之情啊！救援现场，战士们是含着泪在战斗，谁也不知道有"休息"这两个字。奋战的夜很长，可废墟下被困人员的夜更漫长，早一秒搬开就可能多争取一个生命，还有什么比这更重要的呢？天灾无情人有情，在这个特殊的时刻，在希望与失望的决斗中，只有用勇气与坚决的双手紧握着，胜利才会属于希望。

武警成都支队政委李丕金带领官兵先后转战都江堰、汶川映秀镇等地震重灾区，抢救出820多名受困群众，而他却有3名亲属遇难、10名亲属失踪。这位大校在四川省北川县治城乡有17名亲属。5月12日地震发生后，他当即带领官兵奔赴灾情严重的都江堰新建小学展开救援，在一线指挥抢救废墟下被困师生。李丕金带头用手扒掉瓦砾砖块，组织搬抬水泥板，手指被磨破了，指甲被抠掉了。经过5个多小时的奋战，官兵共抢救出103名被困师生。就在李丕金全力救灾时，北川老家的姐姐打来电话：家里的房屋全部震塌，自己是从废墟中爬出来，跑到绵阳市打的电话，兄妹五家的亲人都被压埋在废墟里，让李丕金赶快想办法抢救。看着眼前倒塌房屋下被困、喊救命的群众，李丕金强忍悲痛安慰姐姐说："我正在都江堰救人，你们不要着急，党和政府马上会派人抢救的。"说完，又投入了抢救被困群众的战斗。从5月12日下午到14日早上，李丕金带领官兵抢救出630多名群众。

14日6时30分，李丕金接到紧急开赴灾情最严重的汶川县映秀镇的命令。这时，他的姐姐又发来信息：在都江堰上学的外甥女下落不明，要他去学校帮助寻找。身边战友得知他的亲属受灾，劝他派几个战士到学校寻找。李丕金坚定地说："这些受困的群众都是我们的兄弟姐妹。"他迅速带领1500余名官兵向映秀镇开进。映秀镇是这次地震的中心区，四周的道路全部被滚落的巨石和泥石流阻塞。李丕金带领官兵顶着大雨，翻山越岭，徒步强行开进。在爬到一段500多米的山体滑坡地段时，突然再次发生余震，山上一块大石滚落下来，他在躲闪中与滚石擦身而过。经过13个多小时的艰难跋涉，李丕金硬是带领官兵

通过50多公里的死亡路段，到达映秀镇展开救援。李丕金和救援官兵们在映秀镇漩口中学等18个地点展开抢救，营救出190多名被困群众。

特大地震，震毁了房屋，震断了桥梁，上万条鲜活的生命一瞬间被压在了瓦砾之下，时间就是生命，早一点到达，多一份希望。是谁第一时间出现在灾区人民的面前，是中国人民解放军。他们才真正称得上是灾区人民的大救星。谁能不钦佩他们那钢铁般的意志和不怕死亡的勇气？有的时候尽管人单力薄，但凭着对百姓的深情，哪里有呼救，他们就往哪里冲。尽管救援工作的难度随着时间的推移越来越大，他们也遇到了不少困难，但是他们的词典中没有后退，也没有考虑水和干粮等后援补给有没有跟上，更是忘记了时间，连续奋战了70多小时进行救援的战士多不胜数。此刻，军人的刚强、救人第一的宗旨和信念得到了最好的体现。

当灾害突然袭来，人民生命和财产受到严重威胁，国家和人民急需时，军队第一时间冲了上去。几天来的艰苦奋战，军人们用“人民军队爱人民”的赤子之心，挽救了数万灾区人民的生命，谱写出一曲曲感天动地的生命赞歌。全国人民赞扬军队，世界各国注目称颂中国的军人。中国军人在抗震救灾中，以大无畏的牺牲精神，在世人面前树起了一座了不起的丰碑。他们是最可爱的人，是共和国的钢铁长城！

拖出油罐车，500名官兵用生命打通宝成线。他们用实际行动见证“灾难中，我们是人民的强大后盾！”这一伟大的誓言，让人民放心。

用生命打通宝成线
——12个不眠之夜

灾难的突然降临，让我们看到了大自然的凶蛮无情，看到了生命的脆弱。但同时，四川境内的一片“军绿色”，又让我们每一个人如此安心、踏实。因为我们相信，那些有着共同名字的人——人民子弟兵，守卫着我们、保护着我们。“脚踏着祖国的大地，背负着民族的希望，我们是一支不可战胜的力量！”他们的血肉之躯，用珍贵的生命，在人民心中铸造了一座永不磨灭的丰碑！

救灾通道的畅通是救灾工作顺利进行的重要保障。因为地震，造成宝成铁路109号隧道塌方后被困在隧道内起火燃烧的油罐车，一直被大家急切地关注着。终于，在2008年5月20日，500名官兵拖出了40节油罐车，基本清除了油罐爆炸的隐患，也把它对环境的污染降到了最低，用生命打通了宝成线。

隧道塌陷，油罐车起火

宝成线109隧道位于甘肃陇南徽县嘉陵镇，在这里，宝成铁路沿着蜿蜒的嘉陵江进入四川境内，是我国西北与西南联络的交通大动脉，是抢运救援物资，接收、救治受伤群众的主要通道。

就在5月12日14时25分，一场灾难发生了。由陕西宝鸡开往四川成都的21043次货车和往常一样从甘肃小城徽县发车，3分钟后驶入１０９隧道。汶川县发生８级地震，引发附近山体滑坡，大量的山石伴随着“轰隆隆”的巨响从山上滚落下来，瞬间堵住了109隧道的出口。同时导致隧道内接触网断电，洞内一片漆黑，货车以５０公里／小时的速度行至隧道南口，虽然两名司机采取了紧急制动措施，但车体还是以２０公里／小时的速度撞上了巨石。相撞产生的火花引燃了机车头，致使这列长41节、载有600吨汽油的货车脱轨，机车头部和一、二节油罐车发生火灾，且火势异常凶猛，两名司乘人员严重受伤。同时，约12万方巨石滑落造成嘉陵江河道被堵，上游山区下来的水在这里聚集，中断的宝成铁路危在旦夕。

作为我国第一条电气化铁路，宝成铁路是我国西北通向西南的大动脉。它的中断，断绝了一条通往抗震救灾前线的铁路“生命线”。

救援第一仗——灭火

险情就是命令！铁道部和西安铁路局立即启动应急预案。

遭遇塌方的109隧道两头和中间开口，中间还有13个通风口，使里边的火越烧越旺。在很远的地方，就可以看到滚滚浓烟。燃烧的火苗引燃了山坡上的林木，火势更加凶猛。而在隧道内的油罐车里装有约530吨汽油，就像一颗炸弹，随时都有发生剧烈闪爆的危险。

面对如此紧急和危险的任务，没有一个人退却。官兵们用打湿的棉被堵口子，浓烟和火舌裹着有毒、有害气体，把官兵一次次冲倒，他们爬起来又一次次走近火海。尽管戴着防毒面具，但混合着油气的浓烟，仍把他们染成了“黑人”。 用沙袋堵隧道口时，凡是温度最高、毒气最多、危险最大的地方，全是干部党员带头先上。前后5个小时，他们垒了20000个沙袋，身上的迷彩服像从水里捞出来的一样。为了抢时间，隧道的明火还没有完全熄灭，防化营官兵就钻进去，开始测量可燃气体浓度、有害气体浓度、温度，察看油罐和隧道的损毁情况。他们穿着防护服摸索着前进，实在坚持不住了，就出来换一批人再进去，前后有56个人进洞测量了各种数据。

“危险面前，领导干部要冲在最前面！”

“危险面前，领导干部要冲在最前面！”铁道部副部长卢春房一下车就带领相关人员直奔隧道现场勘查。“除了在指挥部开会研究部署抢险和睡觉，一天中有10多个小时都在现场指挥。卢春房同志的工作劲头鼓舞了抢险现场的人们。”西安铁路局办公室副主任刘文宏说。13日3时左右，在洞内车辆着火、浓烟滚滚、油罐车随时可能爆炸的情况下，略阳工务段马蹄湾桥路车间副主任、共产党员柴桦林，冒着生命危险，孤身一人从北洞口进入109隧道200多米，对隧道和货物列车受损情况进行详细检查，为抢险方案的制订和隧道后期加固提供了第一手的宝贵资料。

凿石爆破，专家援助

爆破本身就是高危险系数的工作，何况处在特殊情况下，还要实施夜间作业，但是嘉陵江水位暴涨，为疏通水道，更为打通救援“生命线”，第二场战役便打响了。

在这场激战中，领导李春红处处身先士卒。他让负责工地12台空气压缩机和打孔机技术保障工作的士兵姬小军休息，自己站在机器旁顶班。之后又换下连续几天打钻孔的士兵韩三东，自己抱起钻机干。在这个战场上的每一名战士都是如此的英勇和无畏：战士黄全旭连续打钻20个小时，刚被换下，就站在水里靠着石头睡着了，钢盔掉到水里都不知道。为了解决打瞌睡问题，工兵连开展了“打孔英雄”比赛，六班长唐俊贵带领的三人小组，一天打孔50多个。在抗震救灾第一线坚持了几天之后，官兵们人人身上都有伤口，虽然大家都没有被石头砸伤，但是昼夜站在水里施工，双腿早已经泡成了白的，脚下石头站不稳，稍一滑就是一个口子，没有一个人退却。

爆破专家的到来，更让战士们吃了定心丸。来自解放军理工大学的齐世福教授，某集团军军长何清成和参谋长曹益民，都和战士们同吃同住同施工，在受伤后还一直坚持工作在爆破一线。

截止2008年5月20日下午3时许，随着最后一辆油罐车被救援车辆拖出隧道，因地震造成宝成铁路109号隧道塌方被困在隧道内起火燃烧的油罐车已被全部清理出洞。至此油罐爆炸安全隐患基本清除。通车的那一刻，卢春房激动得热泪盈眶。他说：“实践证明，这支抢险队伍是一支特别能战斗的队伍，是一支能战胜所有艰难险阻、能打硬仗的队伍，是一支党和人民完全可以信赖的队伍。”

12个不眠之夜，当塌方、余震、隧道灭火、道路堵塞、作业面狭窄等一个个困难被抢险施工人员攻克之后，宝成铁路109隧道比原计划提前7天通车！参与抢险的2000多名铁路施工人员、解放军指战员和武警官兵冒着生命危险，众志成城，昼夜奋战，谱写出一曲宝成线上的“抗天歌”。他们用生命告诉全世界，“灾难中，人民子弟兵就是人民的强大后盾！”

烈火中的爱，可以永生。超越了生命的爱，可以完全信赖。我们的人民子弟兵，永远是最可爱的人。

最最平实的语言，却触碰了人类心中的软肋。

废墟上的大爱

——我就是您的儿子，跟我走吧

“婆婆，我不能扔下您不管，就当我是您儿子吧！”

废墟上的爱是永恒的。亲情的爱固然可赞，对陌生人的爱更加伟大。在生死攸关的刹那，有一种强烈的“大爱”，超越了亲缘、更超越了生死，从一名普普通通的人民子弟兵心中迸发。双膝下跪，在摇摇欲坠的高空危楼中，刘子军泣不成声。长达20分钟的祈求，见证了爱的强大，它用一种人类感情世界中最平实、也最有力的方式，“我就是您的儿子”，抚平了精神失常的被困老人那磨损的意识，也又一次刺痛了每个人心底最柔软的部分。爱，是镇痛剂，更是希望。

“还有一个老婆婆困在里面！”——“让我上！”

让我们把镜头拉到2008年5月13日的下午3点多，四川汶川特大地震发生后的第二天。在都江堰市太平街242号马尔康林业局宿舍，故事的主人翁刘子军和战友，虽然已经在市内各救援现场奋战了18个小时，但是依旧在3幢废墟里奋力搜救被困的群众，希望用自己的力量为更多的人点亮生命的红烛。

每个人的神经都像上了发条一样紧张，似乎再用力拉紧就要崩溃。毕竟，时间换来的是生命。“2号楼7楼还有一个婆婆困在里面！”，突然，一个群众心急火燎地赶来喊道。这是怎样的场面：被困婆婆所在的大楼位于一片完全垮塌的废墟中央，摇摇欲坠；二楼已经全部塌陷，楼梯间还压着一具尸体；3楼至7楼严重倾斜，时刻有倒塌的危险；最重要的是，余震还一直持续，整栋楼剧烈地抖落着飞石，随时可能发生二次垮塌。救援人员时刻面临着生命危险。

“怎么办？云梯车发挥不了作用，毁损的建筑结构也不适宜攀爬救人！”指挥员郭俊峰着急地望着战士们。“让我上！”就在这千钧一发的时刻，刘子军毅然决然地站了出来。

吊车搭起营救“天梯”——平衡板上的救助

“送人上去救援！”为了最大限度地拯救人的生命，只要有一线希望，也

要采取行动进行救助。指挥员郭俊峰突然作出大胆决定：起用200吨重型吊车实施救援，通过吊车吊臂将救援人员送入救援楼层。刘子军和另一名救援人员龚敏站上了一块悬在吊臂下、只有0.7平方米的大钢板上，在余震和细雨摇摆中颤巍巍地被吊上了7楼。终于，他看到了被困的老人。

不料，这次他们面对的是一位特殊的被困人员。“这是我的家，我不要你们救，快滚！”也许是因为遭到过度惊吓，房内的61岁的婆婆已有些精神失常。楼房还在颤抖，刘子军当机立断，决定悬空割断防护栏强行进入房间救人。此时，不断袭来的余震、震后的风雨，还有晃来晃去的悬吊钢丝，这一切的一切无疑给救援带来了巨大的困难，平时灵巧的切割工具此时变得异常笨重。

刘子军一面努力在悬摆的高空控制着重心，一面抓紧一切时间用工具切割防护栏。当7根防护栏终于被割断，刘子军跳入房间时，他不禁被眼前的情景吓出一身冷汗：房间客厅已被震出一个大窟窿，天花板不停地向下掉，太婆把自己反锁在卧室里，死活不愿出来。面对被困人员不配合救援的情况，刘子军表现出了一名人民子弟兵的镇静和机警。

“你就当我是您的儿子吧！”——下跪祈求的亲情

面对随时可能被整栋楼压死的险情，刘子军没有想太多。他小心翼翼地绕过地板的大窟窿转到卧室门口，不断和老人耐心地交流，希望可以劝慰老人和自己一起离开危楼。但受了过度惊吓的老太太，根本丧失了判断情况的能力，并且不相信刘子军，始终固执地认为破门而入的他是坏人，想要伤害自己。刘子军试图说服老人开门的计划彻底失败，为了抓紧时间，他在确保不伤害老人的情况下，强行打开了门。当卧室门被打开的那一瞬间，刘子军眼睛湿润了：老太太头部和腿上都受了伤，右脸红肿着，精神极度崩溃，已经完全失控。“不要管我，没有地震。这是我的家，我要等我儿子回来。”她一直叫喊着，一直不相信已经地震，更不相信想要救援的战士。

同时，天灾也不相信时间。一分一秒地过去，又是几秒强余震，房间角落开始哗哗地落灰渣。刘子军走到老人身边，却再也忍不住，哭了，“婆婆，这里危险，求求你跟我走吧。”“不，你又不是我儿子，喊他来求我我才走。”固执的婆婆并不配合。就在这时，一个惊人但又合情合理的举动发生了，“扑通”，刘子军重重地跪了下来，脆弱的地板轻轻晃动着。老太太也怔住了。铁汉战士刘子军此时已泣不成声，“婆婆，我不能扔下你不管，就当我是您的儿子吧！”

20多分钟生死相依的僵持，危险越来越逼近，刘子军在老人无助而惊恐的挣扎中，趁机把老人固定好，与龚敏一起将其抬到钢板上。在高空降落的过程中，惊醒的老人再次挣扎。三个人在空中不断摇晃。刘子军死死地抱住老人，不断在她耳边小声安慰着，他们终于将婆婆救出。

这只是一个平凡的故事，一个关于儿子和母亲的故事。在老人神志不清，精神紊乱的情况下，“我就是你儿子”还是如此的有力，如此的深刻，如此的震撼。最最平实的语言，却触碰了人类心中的软肋，拯救了母亲的生命。

我们血浓于水。我们有共同的母亲。

"生死不离，
你的梦落在哪里。
想着生活继续，
天空失去美丽，
你却等待明天站起。
无论你在哪里，
我都要找到你。
血脉能创造奇迹，
你的呼喊就刻在我的血液里。"
——《生死不离》

无论你在哪里，都要找到你
——记抗震救灾中的公安消防部队

汶川特大地震，灾区满目疮痍，无数生命瞬间定格。苍茫神州，举国悲痛。在苍茫的废墟中，有一群美丽的身影，让流泪的双眼看到了未来。"看到你们橘红的身影，我们就看到了生的希望。"在救援现场，许多百姓用浓重的口音，这样说着，感动着。

人生中，“舍”和“得”是永远绕不开的选择。灾难降临时，我们失去的太多，要把损失减少到最低程度，离不开崇高的舍弃。大灾面前，这些舍生取义的悲壮，或是慷慨救援的无私，都因为一个共同的名字——公安消防部队。他们闪耀着民族精神的光芒，激励着我们战胜灾难，重建家园，创造美好明天。

哪里有人民群众的需要，哪里就有消防官兵的身影。从地震发生后，在公安部的统一调度下，公安消防成为抗震救援中出动最快、救援最及时的一支能打硬仗的队伍。截止到5月22日，公安专业力量在废墟中抢救出1721人，转移和解救群众52554人。5月23日，公安部消防局局长郭铁男少将欣慰地对记者说：“我们对得起老百姓了。”在这句欣慰的话语背后，隐藏着多少的辛酸和眼泪，还有危险和坚韧。

争分夺秒，誓争第一

灾情就是命令、时间就是生命。从汶川特大地震发生这一刻起，全国消防官兵便箭在弦上，随时准备奔赴抗震救灾前线。仅在5分钟内，成都消防支队50名特勤官兵集结完毕，携救援设备赴都江堰市抢险。随后，四川省消防总队调集全省9个支队的500多名官兵奔赴灾区。30分钟后，公安部发布命令，四川省消防部队进入一级战备，所有周边省份消防部队进入二级战备，随时准备驰援。20时，按公安部领导的指示，紧急从重庆、贵州、陕西等12个省份调集1220名消防特勤部队。13日，公安部又连夜紧急从25个省区市调集5088名消防特勤人员，从下达指令到部队赶到灾区，用了不到13个小时。当天，公安消防部队抗震救灾前线指挥部成立。

地震无情，人间有爱。13日18时30分，经过11个小时艰苦跋涉，四川消防

总队警务处处长李大军率领的部队成为第一个到达映秀灾区的部队。15日凌晨，公安部设立由刘金国副部长为总指挥长的公安部抗震救灾前线指挥部。公安部第三次调集2032名公安消防特勤人员，向58个没有救援力量进入的乡镇推进。

科学施救，挑战生命极限

四川的地理情况本来就很复杂，而地震后，由于坍塌严重，营救的难度更大了。余震不断，天降暴雨，有的楼板还在晃悠，稍有不慎，救援人员也可能被埋。在如此复杂的现场，消防战士们保持着冷静的头脑，运用科学施救的方法。支、钻、顶，还是坑道作业，需要有实战经验。既快速救人，又要科学安全。消防队伍各显神通，辽宁消防总队创新运用“平衡加固法”、“多点支撑法”等多套实用救援战法，大幅度提高了救援效率；江苏消防救援队的秘诀是，每天清晨两小时内对区域里每座废墟喊话；在救援现场，消防官兵还总结了正面破拆供氧、侧面打洞救人等一整套工作法。

生命的力量在于坚强和希望，所以灾害心理干预也是救助过程中很重要的一个方面。鉴于此，消防部队还配备了50多名心理方面的医护人员。因为有的救援时间长达六七十个小时，为了不让被救者丧失求生的欲望，消防队员们不停地开导受困者，很多次声音都完全沙哑了，然后再换人进行心理救援。

“搜索不放过每一个线索，施救不抛弃每一个生命”，这是消防队员们的口号，无时无刻，生命探测仪在搜寻着每一点生命的迹象，一丝希望，百倍努力。在工作当中，公安消防部队官兵体力严重透支，但他们救出被埋压129小时、138小时、165小时、179小时等多名幸存者，不断挑战着生命救援的极限。

血溶于水，责任如天

男儿有泪不轻弹。但是5月19日，当全国为震灾死难者默哀三分钟的时候，在北川实施救援的2000多名消防官兵，面向夷为平地的北川县城默哀，全体放声大哭。为了死难者，也为了没有救出更多人的遗憾。一名战士的家离工作地点只有十几公里，他却顾不上回去，用双手救出了很多的生命，可是自己一家13口人，无一幸存，甚至连遗体都没有看到。

消防官兵说："救出的每一个人都是我的亲人。"面对余震袭来、房屋即将坍塌，消防队员还往里冲："求求你们，让我再去救一个吧，我还能救一个！"

"搜索不放过每一个线索，施救不抛弃每一个生命"，这是抗震救灾中公安消防部队的口号，更是他们用双手和生命实践的诺言。消防官兵们，穿着鲜艳的橘红色外衣，在地震中顶起了坍塌的世界，成为挺立在废墟中坚实的脊梁，为灾区群众点燃了永恒的希望之光。

无论你在哪里，
我都要找到你。
血脉能创造奇迹，
搭起双手筑成你回家的路基。

80后的孩子已经长大成人，他们不再是大人眼中所谓的“垮掉的一代”，恰恰相反，他们是这次救灾的中流砥柱，他们不再是娇生惯养的孩子，不再是叛逆无知的孩子，不再是不堪重负的孩子，他们有足够强大的身体和心灵去承载历史赋予他们的使命 ……

只为生命和希望

——消防战士荆利杰的惊天跪泣

汶川地震，让我们看到了中国军人的铮铮铁骨，也见证了大爱无言的永恒时刻。

5月12日下午3时10分左右，绵竹市消防大队教导员陈军奉命带领绵竹市消防中队赶往武都教育中心实施救援，而此时处在队伍中的2007年12月从河南焦作市解放区应征入伍的荆利杰，在赶往武都教育中心的消防车上显得极为焦急，也为后来发生的令人感动的一幕埋下了伏笔。

救援队伍到达武都教育中心后，荆利杰第一个奔向废墟，奔向危机四伏的地震垮塌现场，开始了长达三天半时间的救人行动。因为此时交通堵塞，没有大型设备支援，只能靠双手一点点清理废墟。面对坚硬的钢筋、水泥和砖块，我们的救援方式是多么地原始，我们的战士多么地无奈，却又多么地伟大！19岁的手是如此地稚嫩，19岁的心灵却是如此地坚强！

武都教育中心的主教学楼坍塌了大半，而地震发生时，学校正在上课，除了及时逃出来的，还有100多个孩子被压在下面，基本上都是小学生。在武都教育中心救援的第一阶段，赶过来的消防战士在废墟中已经抢出了十几个孩子和三十多具尸体。

可当时余震不断发生，钢筋和楼板摇摇欲坠，残存的墙体时不时往下掉，严重影响了救援的进度。此时，荆利杰和战友们却全然不顾。手掌磨破了，出血了，荆利杰根本没有想到去消毒；手指头出血了，荆利杰也完全没有心思去包扎；脚底被钢筋刺破了，血流了出来，荆利杰丝毫没有停下来的趋势。这时，天也落下了小雨，救援工作更为艰难。雨水、汗水、泥浆……

人毕竟斗不过钢筋、水泥和砖块。由于现场情况非常复杂，荆利杰全身多处被尖利钢筋、碎石、残砖擦伤，最严重的是裆部被磨烂了，汗渍、雨水浸渍在上面，开始发炎、化脓，走起路来一瘸一拐的。

当教导员陈军发现荆利杰受伤和体力已经严重透支的情况后，出于保持旺盛的长久的战斗力的考虑，多次命令荆利杰去包扎伤口，休息片刻后再参加救援，荆利杰一再申请再干一会儿，多救一个人再休息。

5月13日上午10时许，就在抢救到最关键的时候，教学楼的废墟突然在余震作用下，发生了巨大的晃动，随时有可能发生再次坍塌。此时，如果再次

进入废墟救援或者不撤出救援现场，结果则不堪设想，几乎等于送死。为了保护救援人员，消防指挥部立即下令：所有人员必须暂时撤出，等余震过去后再伺机进入！一块巨大的混凝土块正在往下陷，几个往里钻的战士马上被其他的战士死死拖住，两帮人在上面拉扯，最后，废墟上的战士们被人拖到了安全地带。荆利杰还想留在废墟上搜寻幸存者，但是他被战友和群众拖了下来。然而，就在此时，救援人员突然发现废墟中有一个男孩在呼救！荆利杰下意识地正要转身奔向废墟，余震再次袭来，并引发了更大面积的坍塌。一块巨大的混凝土眼看就在往下掉，战友们和群众马上把荆利杰死死拉住，拖到了安全地带。这个时候进入废墟，结果可能只有四个字，那就是"出"生"入"死。

也许是长时间劳累体力透支的原因，也许是被几个战友和群众强行下压托住的原因，也许是荆利杰情急之下的无奈之举，总之，这个时候的荆利杰双腿一软，跪了下去。就在跪下去的那一瞬间，荆利杰哭着大声喊出了穿透灵魂、穿透时空的一句："我知道很危险，我知道进去了就可能回不来，但是求求你们，让我再去救一个吧！我还能再救一个！" 看到这个情形所有人都哭了，然而所有人都无计可施，只能眼睁睁地看着废墟第二次坍塌。

余震刚过，荆利杰又第一个奔向废墟。他想去营救那个呼救的男孩。

后来，那几个小孩子还是给挖出来了，却只有一个还活着，荆利杰和战友抱着幸存的小女孩冒着雨、大叫着跑向救援人员所在的帐篷。救援现场所有的人再次潸然落泪。后来得知，那个求救的小男孩也被其他的武警战士救了出来。

5月15日后，武都教育中心抗震救灾战斗结束。但是，那决然一跪，那痛苦一泣，却深深地定格在汶川人乃至全中国、全世界人的脑海中。他的跪泣让我们认识了什么是舍生忘死，什么是人民的生命财产高于一切！这一刻，苍天为之动容！

这一刻，他是战士，向灾难无畏宣战的战士；他是儿女，所有灾区人民的儿女，他用手从废墟中扒出来的，是自己的亲人；他是凡人，因为他也有累的时候；他是旗帜，飘扬在四川上空。……

无论是与灾难抗争的四川民众，还是在第一时间赶赴灾区的党和国家领导人，抑或是各地的志愿者和在灾难中表现坚强的孩子，在这次灾难中，我们应该礼赞的太多。今天，我们想致以敬意的，是救援队伍的主力——我们的战士。我们曾经担心中国80后和90初的一代人，担心伴随着市场经济和电脑成长起来的他们能否担当建设国家的大任，担心他们心里唯有自己、没有他人。但是，在这场灾难中，以荆利杰为代表的中国新一代以自己的实际行动向国家和人民交了一份满意的答卷。这场灾难让我们看到，这是富有人性的一代，也将成为让中华民族自豪的一代！80后的孩子已经长大成人，他们不再是大人眼中所谓的“垮掉的一代”，恰恰相反，他们是这次救灾的中流砥柱，他们不再是娇生惯养的孩子，不再是叛逆无知的孩子，不再是不堪重负的孩子，他们能够吃苦耐劳，他们能够舍己救人，他们能够挑起重担，他们有足够强大的身体和心灵去承载中国的未来。

第八章 英雄丰碑

每一个英雄都感天动地。

每一个牺牲都永垂不朽。

在这场震撼世界的大灾难中，在这场气壮山河的大救援中，到处有英雄传奇的故事，随处有激荡人心的诗篇，他们平凡而伟大，普通却感人。他们用鲜血实践伟大，用生命抒写永恒。

不久以后，我们将回到和平宁静的生活中。但是，请不要忘记，这场战斗中唱响的英雄之歌，以及英雄们用血肉筑起的一座座丰碑！请不要忘记这些创视死如归，造出悲壮大救援英雄诗篇的英雄们！更不要忘记这片养育、激励、造就英雄的大地！

一位学者型官员。灾难降临时，把逃生机会让给了别人，自己却长眠会议室。

地震了，大家赶快跑
——好公仆李盛银

“地震了，大家赶快跑！”这是秘书寇天才听到李盛银的最后一句命令。两分钟后，当寇天才首先冲回会议室时，副市长李盛银已经倒在三楼地板上，半截身体吊在被水泥梁砸成的大洞边，头上有两处大伤口，鲜血浸透了他黑色的T恤。……

5月12日，下午2时28分，地震发生的那一刻，江油市副市长李盛银正在主持召开该市老君山、乾元山旅游发展促进会，秘书寇天才当时担任会场的记录

工作。寇天才说，开会期间，天空一直阴沉沉的。突然，周围传来了像下雨一样的奇怪声音，紧接着楼房剧烈摇动，整个会场一片混乱。这时，水泥房顶开始不断有灰尘和石头往下掉。李盛银站起来大声说："地震了，大家赶快跑！"20多名与会人员也突然反应过来，慌忙往外跑。

然后听到轰隆一声，三楼会议室的顶板倒塌下来。强震维持了1分钟左右，四周弥漫着扬起的灰尘。

寇天才说，三楼会议室房门很窄，大家几十秒钟才跑到三楼一个较安全的平台处。又过了十多分钟，人们恢复平静后发现，李副市长在哪里呢？寇天才走到危房外，他看到一块几平米的预制板从房顶上塌了下来，把三楼地板砸穿了一个洞，而李盛银被压在下面，寇天才赶紧叫来几个人，拨开李盛银全身覆盖的水泥块，用一把藤椅作担架，把他抬下楼，放上一辆小皮卡送到了市人民医院。在医院的草坪上，医生紧急抢救了四五分钟后，他停止了呼吸。

寇天才至今仍清晰地记得，地震发生时，李盛银喊出的生前最后一句话："地震了，大家赶快跑！""李副市长当时就坐在靠近门口的地方，如果不是他让别人先跑，无论如何他也应该出来的。"寇天才说，会议室里与会的21人，跑出来20人，坐在离门最远地方的人都跑出来了，唯独李副市长没有。

"我跑出去时，往后面瞟了一眼，没看到李副市长。当时很混乱，我觉得凭李副市长的身体素质，再加上他离门口那么近，肯定会出来的。但出来后，没找到李副市长，才知道他还在里面。我觉得，在地震发生那一个刹那，如果不是他做人做事总是先考虑别人，以他那种运动员的体魄，肯定会跑出来。"

市政府干部李平回忆说，当人群都往外冲的时候，他落在了人群的后面。当他挤出房门时，感觉到自己的后背有人用力在推，他后来才想起，那是李副市长，“他是用自己的生命把希望留给了别人，他原本是可以出来的啊！”

遇难时年仅43岁的李盛银，是四川德阳人。1986年从四川师范大学化学系毕业后回到家乡参加工作。在江油中学任化学教师，历任学校团委书记，年级组长，学生处主任，副校长。2006年7月，李盛银以江油中学副校长、民建江油市主委的身份当选为副市长，那年他41岁。在江油市干部眼中，李盛银是一位学者型官员，知识渊博，口才出众。而秘书寇天才和司机刘仁发则有另一种看法。

“他的事情太多，什么工作都抓得很细，所以我们也特别累。”寇天才说。

“市里创建文明城市、科技示范城市、卫生城市工作都是他具体在抓，事必躬亲从来就是他的工作作风。奖牌上不知道凝聚了李副市长多少的心血和汗水。”寇天才说，每次去李副市长的家里，他都会觉得委屈，一位经济较发达地区的副市长，却住在80平方米的旧宿舍楼里。而他这个普通的科员却已经拥有130平方米的住房。

“很苦，很累，没有实惠。”这是为李盛银开了两年多车的司机刘仁发的感慨。在他眼中，这位副市长很不像个官，他分管江油市的文旅教体卫工作，口子那么宽，工作那么重，出了大事小事他都是第一个到场，亲自处理协调服务。前不久，因为工作劳累住进了医院输液，听说有所小学发生了安全事故，他拔掉针头就赶往出事学校。

抗震期间一切从简，江油市并未给李盛银开追悼会。他的妻子、儿子也在李盛银火化后，回到宜宾老家暂住。秘书寇天才说：“李副市长的妻儿回老家也是迫不得已的事，他们原来居住的那套80平米的老房子现已成了危房。”

“我就觉得他现在还在上班，因为他从来都是把工作放在第一位的。”妻子杨玲的脸上似乎已经看不到悲伤。5月16日晚，记者在江油市内一地震棚里见到李盛银的妻子杨玲时，这个坚强的女子正在安排儿子和其他亲人的吃住。上周六，她刚刚失去了百岁高龄的爷爷，出事当天正在奔丧的她，接到朋友的电话催她赶快回江油，她开始还有点犹豫，直到朋友说“求求你快回来吧”的请求时，她才有点不祥的预感：李盛银出事了？当她见到丈夫的遗体时，杨玲泪如雨下，她不断地问丈夫：“你不是说太累了，今年一定要休一次年假，一家三口好好放松放松吗？你不是说要换一套大一点、楼层低一点的房子，方便照顾好两边的老人吗？”……

李盛银14岁的儿子李鸣阳在江油中学读书，他说：“在我们家里人看来，我爸爸从来都是把工作放在第一位，把家人放在第二位的人。但我觉得他是深爱这个家庭的。去年，我进入初三以后，爸爸明显减少了在外的活动，总是争取每天晚上9点在家等我下晚自习，接着辅导我的化学课。”曾经是优秀化学老师的李盛银，担任过江油中学的副校长，也是民建江油市主委，辅导儿子的化学深入浅出，循循善诱，儿子李鸣阳的各科成绩一直名列前茅。

“待到山花烂漫时，她在丛中笑。”这是李鸣阳不久前抄录给爸爸的词句，还没来得及装裱。

也许，这是所有读懂了李盛银的人送给他的祈祷。

李盛银就是这样一位朴实的学者，这样一位不求富贵的官员，他真正在为人民的幸福安危着想。他的风骨永存，他的精神不灭，人民会永远记住他——这位舍己为人的人民好公仆！

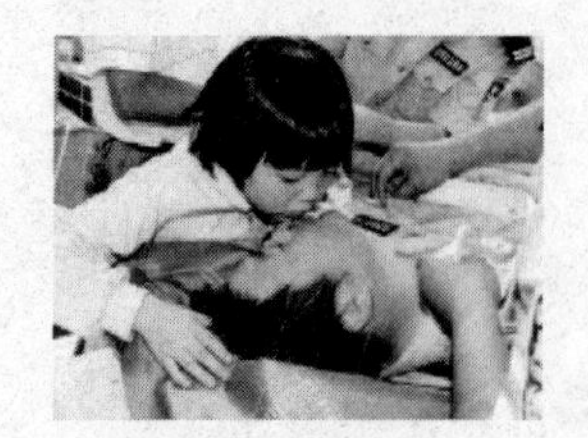

因为你们，我们看到了人性的光辉、人情的温暖。因为你们，黑夜不再可怕，灾难也无法将我们挫败。因为你们，即使在狂风暴雨、绝壁悬崖前我们也可以永往直前。因为有你们在。

爱，用生命守护
——累倒在抗灾工作岗位上的齐羽

自然灾难夺去了无数个丈夫的妻子，夺去了无数个孩子的母亲，我们为之泪流不已。然而身为丈夫的妻子、孩子的母亲的她们却为了在残败与黑暗中为颤抖的人们送去温暖和关怀而奋战在救灾一线上，甚至付出了生命的代价，我们更为之感动。

“请你们一定要救救她啊！求你们了，一定要把她救活啊……” 民警唐勇军拽着医生的手，泪如泉涌。想着妻子可能会从此离开，这位已经连续执勤180时个小时的34岁硬汉瘫坐在了解放军520医院的草丛里。

这本是一个幸福美满的家庭。六年前，来自绵阳的唐勇军和来自长春的齐羽有了爱情的结晶。他们把姓合在一起，给女儿起名“唐齐”，希望一家三口紧紧连在一起永不分离。然而一场突来的灾难却让这个愿望付之东流。在绵阳市社会福利院工作的妻子齐羽累倒在抗灾工作岗位上，抛下他和年仅6岁的女儿，永远地走了。

“5·12”大地震后，齐羽所在的福利院在地震中遭到了破坏。为了180多名孤寡老人和儿童，长期患有心脏病的她立即赶到福利院，和同事一起奋战在第一线。她们天天教孩子们唱歌念诗，以抚慰他们幼小心灵上的创伤。同时还要照顾那些受伤的老人，为他们安排临时住所，同时积极接收安置来自北川的受灾群众。

身为民警的丈夫唐勇军也受命到南河体育中心安置点执勤，警务工作量比平时增加了一倍以上。白天要维持正常秩序，晚上又要为在外躲避余震的市民巡逻。派出所还随时可能接到命令，为灾区群众的安置点、救护车队、物资车队做临时保卫工作。在巡逻中，他抓获了两名盗窃嫌疑人和一名抢夺嫌疑人。为一方平安，唐勇军连续七天彻夜不归。同在一座城市的夫妻俩，每天只能通过电话报平安。在执勤间隙，唐勇军总是要挤出时间和妻子聊上几句，相互关心鼓励。“你那里情况现在怎么样？身体还好吗？你身体不好，要注意休息，也要按时吃药。”

齐羽又要照顾灾区儿童，又要照顾女儿，实在有些忙不过来。虽然同事都知道齐羽身体不好，多次劝她好好休息。但她依然固执地留在福利院不肯离开。齐羽决定把女儿唐齐送回东北老家。20日上午11时20分左右，齐羽在照顾好几名儿童后，便打电话回老家请父母帮忙照顾孩子。但齐羽还没来得及开口说话，就“扑通”一声突然倒地。任凭同事们怎么呼喊也没有回答——齐羽的心脏病又犯了！

两位福利院卫生所的医生赶紧给齐羽做心肺复苏，却始终不见效果。他们拨打120电话后不久，解放军520医院的急救车赶到，将齐羽一边送往医院，一边加紧救治，可齐羽的心跳却一直没有恢复。还在巡逻的民警唐勇军接到家中电话，发疯一样地赶到了医院。

医生们开始紧急救治。气管插管，不行；电击数次，不行；打强心剂，还是不行。福利院的员工在一旁失声痛哭：“请你们一定要尽最大的努力。齐羽，你醒醒啊！” 时间在一点点流逝，急救医术实施也越来越频繁。最终在12时30分，医生们默默地摇了摇头，现场无论医护人员、福利院职工、公安民警还是记者，眼中都含满了泪水。整个抢救过程持续了将近50分钟，医生的外套都被汗水浸透了，但是最终还是没能把她从死神手里拉回来。急救医生说，齐羽由于连日来一直工作，身体负荷明显过重。加之她有基础性心脏疾病，疲劳过度使得她在急性左心衰的基础上突然出现了心脏骤停，并发肺水肿，最后救治无效死亡。在抢救过程中齐羽有强烈的求生愿望，她的心跳共恢复了11次，但最终还是无力回天。

谁也没有勇气告诉唐勇军这个噩耗。这位34岁的硬汉半晌沉默不语，其实他明白妻子已经离开了。随后他再也难忍伤悲，痛哭流涕。夫妻两人同在抗震一线，他怎么也接受不了爱妻离去的残酷事实，晕厥在了草丛里。

唐勇军的妹妹和女儿唐齐此时也赶到了医院。孩子声音凄厉地哭着问：“爸爸，你怎么了？妈妈呢？妈妈在哪里？”任凭哭泣的小唐齐怎样拉扯爸爸的衣服，都得不到任何回答。唐勇军终于睁开眼睛，他的嘴角动了动，用左手

一把搂住女儿，紧紧地按在自己胸前。他怎么能告诉女儿已经失去了妈妈，他无法回答。亲戚们怕小唐齐受不了刺激，将她送到了车内，但车内传出来的一阵阵哭声还是让在场的每一个人都心如刀割。

唐勇军最终被安排在住院部大厅内的一张病床上，输液治疗。然而距离他不到20米的地方便是妻子已经冰冷的遗体。他一遍又一遍地轻唤“齐羽”，尽管齐羽再也不能睁开眼睛回答。虽然舍不得，虽然心不甘，但是残酷的事实无法抗拒。让妻子入土为安，是唐勇军惟一的选择。于是半个小时后，齐羽的遗体便被运往殡仪馆。

已经平静许多的小唐齐来到唐勇军身边，看到爸爸的眼角还在不停地溢出泪水。小小的她轻轻亲吻爸爸微微蠕动的嘴唇，说：“爸爸，你不要哭，不要哭好吗？”这感人的一幕，让在场所有人再次热泪盈眶。

第二天唐勇军便从病床上爬了起来，着手处理爱妻的后事。随后唐勇军婉拒了领导让他休息的建议，主动提出再回到抗震救灾一线去工作，他含着泪说：“我妻子倒在抗震一线，未完成的工作，就由我来继续完成吧。” 但女儿唐齐现在还不知道，她已经永远失去了疼爱她的妈妈。六岁的唐齐只知道：妈妈生病住院了，爸爸很爱哭。至今唐勇军也还没有勇气对女儿说出真相。…

让我们永远记住那些为了他人而忙碌奔波的人们，那些将爱和行动毫不吝啬地都奉献给社会的人们。因为你们，我们看到了人性的光辉、人情的温暖。因为你们，黑夜不再可怕，灾难也无法将我们挫败。因为你们，即使在狂风暴雨、绝壁悬崖前我们也可以永往直前。因为有你们在。

在这种生死存亡的危难关头，再美丽的文字都显得那么苍白无力；再多的赞美都不能表现一个舍身为人的护士的崇高。她们坚信，人活着就是为了让更多的人更好地活着。

以天使的名义
——护士陈晓泸

她的职业是护士，又被称作白衣天使。她以天使的名义，在人间播撒爱和希望。危难时刻，或许很多人都可以把自己的生命置之不顾去救助别人，可她因此失去的却是自己尚未出生的孩子。像“十大感人救灾事件”这样由普通网民评选的多个排行榜中，我们都可以看到她的名字——陈晓泸。

陈晓泸，1984年生，是四川省人民医院的护士。在地震发生时，不顾自己已有身孕，连续背着多名病人脱险，自己却不幸流产。

5月12日，刚好是第96个国际护士节。这天下午2点多，四川省人民医院的700多名护士，包括当天上班的和没上班的，都聚集在一层的大厅，张灯结彩，准备庆祝自己的节日，而陈晓泸并没有参加庆祝会，作为留守人员，她在医院大楼第21层的病房值班。今年24岁的她，在同事们眼中，是一个个子高挑、阳光、聪明的女孩。年初刚做新娘，就在两天前，查出已有1个多月的身孕，她与丈夫沉浸在快要为人父母的快乐中。但没想到，突然的地震，让她的这一快乐破碎了。

当天下午2点28分，地震发生时她正在给病人输液。身处21楼的她明显感到楼在左右摇摆，身子不由自主地东倒西歪，躺在病床上的病人也在剧烈晃动。这时，她尽最大努力抓住一件坚固的物体，然后赶紧稳住身边的重症病人。“地震了!”有人喊道，强烈的震感，立刻让大家意识到了地震的严重性。这时大部分护士都还在一层没上来，陈晓泸和几个值班同事赶紧冲到各个病房通知病人，让大家别着急。在21层的高楼上，感受到的震动特别剧烈，连走路都很困难。医生和护士们立刻想到，需要尽快把病人转移到楼下开阔区去。

21层有54名住院病人，而整个医院大楼有23层，病人数量较多，其中不少还是重症病人。对于那些自己能走的病人，陈晓泸和同事们让他们不要害怕，鼓励他们沿着安全通道慢慢走下去。但对于不能行走的重病人，只能由护士从电梯送下去。“我护理的病人是老人，我想自己身体好力气大，背上他们就往外跑。”陈晓泸说，当时她只想快点把病人转移到安全地带，“这是我的工作，也是我的职责和义务，根本没想到自己已有身孕。”陈晓泸来回背了两个重达

100多斤的病人到电梯口，下电梯后又陆续背了好几个病人到安全区，累得汗水直流、气喘吁吁也没停下来休息一下。等把所有病人转移到安全区后，她又赶紧替病人输液，“本来就只有一个多月，感觉跟常人没什么两样。”陈晓泸在内分泌科做护士3年了，身体一向很好，同事们都没想到她会有什么意外。但是，2个小时后，陈晓泸感觉腹部疼痛、心慌、出汗并伴有明显的腰痛，她还安慰自己，可能是累了。本来她想忍一忍，但肚子越来越疼，她不由捂着肚子蹲到了地上。同事们见状，赶紧将她扶起来。内分泌科的护士长知道她有身孕，汇报给了内科的大护士长贺吉林，但当时大家都正为了病人忙作一团，一时也管不了陈晓泸，只能让她先坐一会儿，休息一下。到了晚上，腹部疼痛不仅没消失，又出现了下体出血的症状。产科大夫给她做了检查，诊断结果让大家都吃了一惊——先兆流产。

抢救病人时的过度用力和劳累，最终还是给她带来了无法预料的后果。“医生委婉地劝我别要这个孩子了。”看着满脸惊慌的病人，想到自己腹中的孩子，陈晓泸觉得很难受，“病人最需要我的时候，我却因为腹中的孩子不能跟他们在一起；同事这么忙的时候，我却被劝回家休息。”当天晚上，在家休息的她给主管护士陈敏发了一条短信：“科室那么忙，我却帮不上忙，非常不好意思。”

第二天早晨，陈晓泸感觉还是很乏力，但她坚持着又回到了病房上班，给病人发药、输液，跟平常干的事一样，让科室的同事非常心疼。被她背到电梯口的病人黎志万说，他知道陈护士因为过度劳累而面临失去自己的孩子，他只想说“谢谢”。一边的陈晓泸笑笑安慰他，孩子还会再有的。

陈晓泸还没来得及把自己怀孕的好消息告诉父母，现在要失去自己的第一

个孩子，她就更不忍心告诉父母了，决定把这件事隐瞒下去，好在丈夫的理解让陈晓泸感到安慰。我们都知道流产对一个女人，意味着什么。在地震来临的危难的时候，她想到的是患者，不是自己，想到的是别人的生命，而不是自己肚子中的胎儿。这种危难的时候，人性的光辉，总是如此的耀眼！

“科室不少人都到急救中心去了，我即使不能去一线，也可以在科室打打杂，替同事们分担一点工作。”陈晓泸现在还在工作着。也正是众多的救护人员这样忘我的精神，各项救灾物资才源源不断地运到灾区，受伤的生命才得到了救治和呵护，灾区的人民才感到了生的希望，人间的温暖。

曾经有人这么赞美护士：她们有着纯洁的心灵，高尚的情操；走进每一位患者总带着一份职业性的微笑；不求回报只求奉献成了她们心中的骄傲；黑夜的恐怖加上生物钟颠倒；超负荷的工作连着疲惫的身心，她们想着的还是患者的需要；面对许多渴求健康的目光，她们惯用鼓励的眼神传递力量，用有力的双手搀扶着患者越过心灵的沼泽地，带给她们摆脱病魔的勇气和一份生存的基本需要，用心理学知识抚慰心灵空寂的患者轻松地进入梦乡，用语言美学知识为患者补充疾病康复的健康指导。可是我们却忽然发现，在这种生死存亡的危难关头，再美丽的文字都显得那么苍白无力；再多的赞美都不能表现一个舍身为人的护士的崇高。

因为，她们坚信，人活着就是为了让更多的人更好地活着。

刘建秋为人民而死，重于泰山。英雄战死沙场，死得其所。一路烛光，无数亲人们迎接成都英雄魂归故里。

用生命连线
——抢修通信光缆的刘建秋

在女儿的记忆中，爸爸的最后一个3分钟，是一个月前的那个电话：“要考试了，你要好好准备，我回去要看成绩单的。”

在贤惠的妻子眼里，丈夫的最后一个3分钟，是地震发生后13日上午打通的第一个电话，他还开玩笑说：“家里电话没人接，我还以为你被埋了

呢。”

在亲爱的队友们心里，队长的最后一个3分钟，是他指挥大家快撤，自己坚持走在最后，倒在弥漫的灰尘里……

这便是刘建秋留给世界最后的三分钟。2008年5月12日14时28分，四川阿坝州汶川县发生了里氏8级地震。面对突如其来的灾难，刘建秋作为四川移动通信工程局一名普通的员工，在抢修“马尔康－理县－汶川”通信光缆的战斗中临危不惧，舍己救人，不幸被飞石击中，英勇献身，用生命和鲜血谱写了一曲无私无畏抗震救灾的英雄颂歌。

自己留在了最后

队友们知道队长的习惯，每次施工，不管有多危险，他都是第一个上；每次撤离，不管多急迫，他都是最后一个走。

悲壮的一幕发生在5月16日13时24分，此前，刘建秋已连续三天带领抢险队员奔忙在理县的乱石间，全力抢修通信光缆。由于余震和山体滑坡不断，光缆4次修复，又4次被滑坡飞石打断。刘建秋的同事、灾难中另一位受伤者李维祥讲述了当时的情景：“我们正在马尔康到理县之间的高家庄施工，余震突然就发生了。当时就看到满天的石头，像下雨一样，根本没地方躲。当时很多工友背对着山低头铺光缆，看不见山上有石头下来。这时候，刘建秋大喊：‘赶快往安全的地方跑！’大家这才反应过来。”“就是那么几秒钟，如果不是组织我们撤离，他应该也有时间跑。当时我们俩离得很近。”李维祥说，“后来我被飞石打中，就昏过去了。”

据当事人介绍，余震持续了大约5分钟。尘埃落定后，队友们这才发现李维祥和刘建秋被砸晕在地，刘建秋的右后背，被砸出一个大洞，鲜血直流。此时，前后的路都已被堵死，他们被困在了这里。同时被困的还有一队解放军官兵和一辆运送医生的车，第三军医大的几名医生就地抢救伤员，45分钟过去了，血止住了，胳膊也固定住了。

“我想回家！”

刘建秋太累了。从5月13日晚10时到达现场至今，他和他的队友们已经连续奋战了三天三夜。他们只在进山前吃过一顿像样的饭，此后就只有少量的冷水和饼干；他们只在天气实在不适合施工的时候坐着打过几个盹。光缆一次又一次连通，又一次次因为山体垮塌断掉，他们就一次次地从头再来。

道路仍没有打通，可是时间却一分一秒地过去了。刘建秋时而昏迷时而清醒，他说：“背痛，让我坐起来吧。”可就在事发前几分钟，他还跟队友们说“现在让我躺在哪儿都能睡着。”天要黑了，刘建秋渐渐陷入昏迷。为了不让他睡过去，队友们轮流和他聊天，“坚持住，弟兄们都看着你呢。”他声音已经非常虚弱，可是队友们还是听清了他最后的一句话——“我想回家”，所有队友都落泪了。

直到第二天早晨5时左右，通往理县的路终于打通了，等在另一边的救护车赶到，迅速把刘建秋和另一名脚部受伤的解放军送往理县医院。然而，在坚持近20个小时后，这个铁一般的汉子耗尽了最后一点能量。医生诊断：右肩胛骨肱骨粉碎性骨折，失血性休克。

生命的钟摆停在5月17日8时27分。他留给世界的最后一句话，便是这

句朴素的“我想回家”。

我们照亮你回家的路

我们的英雄刘建秋由于失血陷入昏迷，什么话也没给家里留下。可是善解人意的妻子却说知道他会说什么。“他肯定还是不会跟我说有多危险，跟我说的一定还是打通了通讯路线，里面多少人得救了。我肯定还会像以前一样问他：人家只知道电话打通了，谁记得你啊？他一定还会像以前一样笑笑：人家记不记得有啥子关系，自己觉得有意义！”

这一句“自己觉得有意义”，是如此的朴实无华，又是如此的震撼人心。就是这样的精神，一直支撑着刘建秋抢修通讯路线。

2时14分，运送刘建秋遗体的车子抵达。女儿跪在车头，哭着说：“爸，我们回家。”最初是女儿、亲友来迎接他，后来是邻居、互不相识的人，甚至经过的路人都加入进来，迎接的队伍越来越长，点燃的蜡烛越来越多。近百辆车打着应急灯聚集在成雅高速的双流入口处，百多名群众排起两列二十米的队伍，臂戴白花，手捧点燃的白蜡烛，安静地等待刘建秋回家，为英雄照亮回家的路。

“我没有白养他一场。”面对前来看望、守灵的乡亲们和建秋生前单位的领导与同事，刘建秋61岁的老父亲，老泪纵横，数度哽咽。“不是我一个人的娃儿走了，还有这么多人都走了，我心痛啊！”头发花白的老父亲再也说不下去了。

在飞石落下的那一刹那，刘建秋那奋力的一推，用鲜血实践了撤退永远最后一个离开的誓言。无声无息，却又如此的悲壮震撼。他用手掌托起了人性的光辉，用生命为人与人之间联结起沟通的桥梁。

追记的荣誉，在刘建秋高大的身躯面前，显得如此的苍白无力。在他魂归故里的路途中，那沿岸点燃的无数白蜡烛，摇曳着，低语着默默的祝福。为一个平凡的通讯员，更为一个伟大而崇高的灵魂。我们不会忘记，这样一个用生命连线的铁汉子。

第九章 大爱无疆

爱是人类情感中最深沉、最重要的情愫。爱是美学中永恒的主题，是忍耐与宽容，是恩慈与祈福。它不分肤色、不分国别、不分种族，它可以突破地域、文化的界限，把人们的心紧紧地连在一起。爱本无界，大爱无疆，让我们携起手来，和灾区人民一道与这场灾难做斗争。让大爱的暖流不仅流淌在神州大地，也给全人类留下一笔宝贵的精神财富。

汶川，不再仅仅是一个地名，它让全世界牵肠挂肚，也成为让中国人乃至全世界感动的地方。这里凝聚起全中国人的爱心，也集结起全世界人民的祈福。

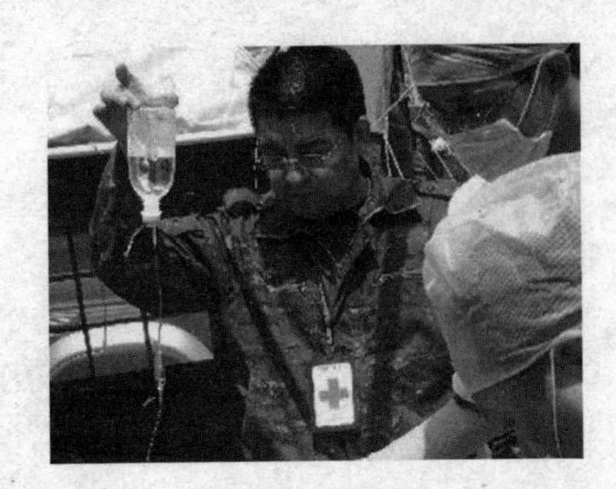

如果你有一杯水，你可以独自享用；如果你有一桶水，你可以存放家中；但如果你有一条河，你就要学会与他人分享。

慈善公益，温暖中华
——“中国首善”陈光标

全民一心救助灾民，中国首支民间自发抗震救灾队伍携重型装备倾力相助。这支由60台挖掘机等大型工程机械组成的抢险突击队14日抵达绵阳、北川一带，全面展开大规模救灾行动。这位抵达灾区的“老板”带着120人和60台工程机械，从江苏、安徽日夜兼程，成为抵达地震灾区的首支民间队伍。这支大型机械队伍如此迅速地开拔，在灾后不到36小时的时间，就从中国沿海的江苏开进到四川山区的地震灾区，令军事专家都大为赞叹。

率领这支队伍的正是刚刚被评为“中国首善”、并被授予“中国红十字勋章”的江苏黄埔投资有限公司董事长陈光标。陈光标以1.8亿的慈善捐款在上月揭晓的2008中国慈善排行榜上名列榜首。在这次抗震救灾中，陈光标再出惊人之举：12日的强震发生仅两个小时后，他亲自率领由60辆挖掘机、吊车等大型工程机械组成的救灾队伍，开往四川抗震救灾！

震后两小时即出发救灾

5月12日下午，陈光标获悉汶川强震后，马上做出决定：去现场救灾！当时他的公司正好有30辆工程车准备从南京江宁开往北京去做一个工程，这批车辆当即调整任务改去灾区；同时陈光标又将正在安徽施工的30辆工程车调配过来，60辆工程车每辆配两位操作人员，120多人的队伍合力向灾区进发！当陈光标下达出发命令时是下午4点半左右，离汶川灾情发生仅2个小时！

江苏、安徽、武汉……一路上车轮滚滚，昼夜前行。14日凌晨3点，车队到达第一站都江堰并立即投入救灾工作。“相对而言都江堰的灾情要稍好于北川和汶川。”温家宝总理要求务必在13日夜里12时前打通通往灾区震中的道路，这给陈光标的救援车队向震中推进提供了可能，都江堰、绵阳、北川、汶川……马不停蹄，并一路清理道路，不断用推土机、吊车将路上的大石块等障碍物推到旁边的山沟里。

成为救援现场的主力军

就在陈光标赶到救灾现场的前几个小时里，温家宝总理刚刚查看过北川中学的灾情。尽管陈光标和救援人员们早已了解了这里的受灾人数和受灾情况，可眼前的悲惨场景还是让他们止不住地落泪！“到现在我们已经连续挖出了200多个孩子，只有几个是还活着的，楼板压在他们的腿上、腰上，孩子们头挨着头、脚挨着脚，青紫的脸肿得老大。”说到这里，陈光标感叹道，很多救援人员是一边流着泪一边工作的。“我在北川老县城，这里的房子全倒了。是一片大坟地。”陈光标说，“我背出来四个人，全都死了。”

而让陈光标欣慰的是，他带来的工程车终于可以在这里大显身手，“因为灾情严重，救援机械也很紧缺。楼层坍塌很复杂，战士再多，光靠人力也是不够的！我们做拆迁工程多年，有经验！”陈光标和他的员工们拿出了看家本领，成为救援现场的主力军。

一路向灾民发放捐助款

为了救人，奔赴在前线的陈光标和他的员工们已经连续十多个小时没有停下来喝水吃饭了，两天来吃住也全都在车上。除了现场救援外，陈光标及其江苏黄埔投资有限公司还给灾区捐款785万元。从南京临出发前，他又随身带了200万元的现金支票，到成都后提出25万元，一路向灾民发放，100元、200元，“把钱用在刀刃上，只要灾民需要，我们就发！”截止到5月14日下午，已经给1万多人发放了赈灾款，在保障灾民的温饱问题上发挥了极大的作用。

救灾下一站：震中汶川！

“今天晚上10点，我们的救援车队还要赶往震中汶川。”陈光标说，一路上当地干部群众给了他们很多感激和支持，也让他们更有信心做好下一步的救援。北川当地有关部门专门派出了两位交警为他们领路，引导救援队向汶川开拔。

不久前，陈光标以1.8亿元的年度捐助被评为“中国首善”，并被授予“中国红十字勋章”，而在这次抗灾救援中，陈光标的救援队成为中国首支自发前往灾区抗震救灾的队伍，他本人则成为现场救灾的极少数民营企业家中的一位。

陈光标出生于江苏一个贫困的农家，靠着自身努力打拼成为一个成功商人。他没有向银行借贷一分钱，也从不在受赠地区进行投资。刚及不惑之年的陈光标10年来向慈善事业捐款捐物累计4.75亿元，被资助人数达20多万。2007年度捐赠总额为1.8亿元。

1978年，懵懵懂懂的陈光标看到了一个商机，开始了人生的第一笔生意。当时年仅10岁的他利用中午放学的时间，用两个5公斤重的桶从井中提出水，用小扁担挑到离家1.5公里的小集镇上卖，一分钱随便喝，每天能赚个两三毛钱。开学的时候要交书本费，也就1.8元，但他听说邻居家的孩子还没有钱交书本费，就去学校帮他把书本费交了。这是陈光标第一次拿自己赚的钱去帮助别人，心里的那种快乐真是比吃了蜜还甜。

陈光标曾说过：如果你有一杯水，你可以独自享用；如果你有一桶水，你可以存放家中；但如果你有一条河，你就要学会与他人分享。

在陈光标看来，慈善不只是一种简单的捐助行为，而是以道德和爱心为基础，源自社会需要而发自内心的捐赠。同时，慈善也是一种分配机制，能够有效地实现社会财富的“第三次”分配。正是在这种理念的指引下，陈光标毫不犹豫地将慈善公益变成了他人生中的又一项事业。

在灾难来临的瞬间，多少人将生的希望让给别人；在生与死的边缘，多少人将死的选择留给自己。人们通过电视，看到更多的是华夏儿女的温情，是中华民族最伟大的凝聚力。

潸然泪下，为遇难的同胞

——面对镜头的主播们

在直播中，他哭了，在这一句“为什么我们能够这样，是因为这片土地的人民懂得互相守望和帮助”的时候。请大家记住他的名字：赵普。央视主播赵普在报道汶川地震灾情时潸然落泪。

当时，赵普正在电话连线灾区前线的记者，但由于信号原因，无法连通，赵普在直播中说：“为什么我们总是会被这样的画面，被这样的声音感动，为什么我们总是看着看着就会眼含热泪？”话未说完，眼泪就已在赵普眼圈里打转，他不得不低头调整情绪，在停顿了两三秒钟之后，赵普继续说，“因为我们爱这片土地，这片土地上的人们懂得相互关怀。”说到这里，赵普再度哽咽，无法控制情绪，再次低头平复激动的情绪，潸然泪下。

一时间，“央视主持人赵普动情落泪”的视频在网上广为流传，赵普的这次“失误”不仅没有招来网友对其专业素质的质疑，相反弄“哭”了一大批观众。不少观众认为，这个主持人很“帅”，是个热血男儿。

有人至今还记忆犹新，之前赵普和文静在直播《朝闻天下》节目时，当画面从其他镜头切换回主播室，赵普还曾被曝光半趴在主播台上。但是，这次对于赵普的“失误”，许多观众却跟着一起掉下了眼泪。是啊，面对那些受难的孩子，谁能不哭？——这是人性本善的真情流露。有观众在回忆当时细节时说，主持人赵普在直播时被新闻事件本身深深感染，“在说到那个医生的孩子也还在新建小学的时候，我就估计他要崩了，没想到，他飙泪，我也跟着崩了，当时眼泪没忍住，我也跟着掉泪了。”也有不少网友对赵普会否将为这次“失误”承担台里的处罚表示担心。“主持人不一定要冷冰冰的，希望不要处分他！”

这段时间，一直坐镇演播室的新闻主播们成了和全国观众接触最频繁的人群之一。连轴播报震区新闻，主播们的一举一动在成为观众议论的焦点。出现在央视《晚间新闻》画面上的海霞面容略显憔悴，眼袋大得惊人，这让人立即想起她此前刚主持了“关注灾区”直播节目，在节目中甚至时常眼含泪水；康辉总是神情悲苦，似乎脸部还因睡眠不足而略带浮肿；刚完成胡锦涛主席访日报道回到国内的名嘴白岩松也加入直播节目，主持直播节目至深夜。他们是一直奋战在直播第一线的勇士，向他们致敬。

哪个主播忍心从自己口中说出同胞遇难的消息？毕竟是一条条鲜活的生命啊！

5月19日下午14时28分，全国默哀悼念地震中不幸遇难的同胞。陈鲁豫在直播时泣不成声，等她稍能控制住自己感情的时候，我们听到如下对话：

陈鲁豫："抱歉，我想刚才那一刻，三分钟的时间我们所经历的一切，我觉得每个中国人有生之年都不会忘记，在那一刻，我们所有的伤痛得到了最好的释放（哭泣）……很抱歉，吕先生，刚才您的感受是怎么样的？"吕宁思："今天是全国哀悼第一天，这在历史上也可能是罕见的一次，在举行全国公祭的时候，我觉得全民族人心所向空前的升华。就像《道德经》中写的那样"人之生也柔弱，其死也坚强。"生和死，在这个时候实际上不是一个个人的问题，是整个民族所经历的苦难，它突然之间显现出中华民族的生命力，在面对死亡的时候，才能够这样鲜明地显现出来，刚刚我们流了那么多眼泪，我们七天以来有多少人，这是人心往一处想，人心往一处使。"鲁豫："你从北京马上飞到都江堰，今天你又飞到香港，来主持全国哀悼日的首日的节目，和全国人民来分担这样的痛苦，分享这样的一个悼念，同时，我认为也应该分享那种精神上的凝聚力。"

同样，其他卫视和电视台的主播们也在播报时展现出他们内心深处最柔软的一部分。四川卫视基本上每天都是女主播宁远在播报新闻，她基本上每天都是红着双眼在播报，常常在播报中哽咽住，声音颤抖。5月17日，宁远在直播中流着泪念完了四川各地遇难群众的最新数字。5月17日，央视主播张羽在与为救同伴而受重伤的12岁男孩陈浩的母亲连线时，潸然落泪，而现场的女记者更是泣不成声。

"孩子，快抓紧妈妈的手，去天堂的路，太黑了，妈妈怕你碰了头，快抓紧妈妈的手，让妈妈陪你走。妈妈怕天堂的路太黑，我看不见你的手，自从倒塌的墙把阳光夺走，我再也看不见你柔情的眸。孩子，你走吧，前面的路再也没有忧愁，没有读不完的课本和爸爸的拳头，你要记住我和爸爸的模样，来生

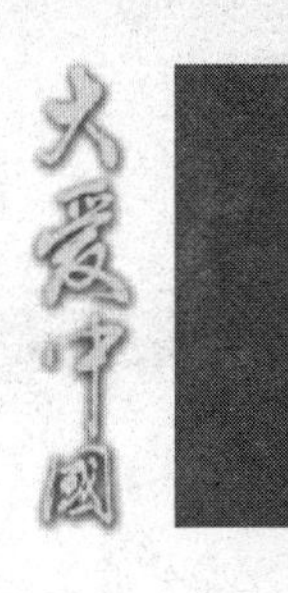

还要一起走！妈妈，别担忧，天堂的路有些挤，有很多同学朋友，我们说，不哭，哪一个人的妈妈都是我们的妈妈，哪一个孩子都是妈妈的孩子。没有我的日子，你把爱给活的孩子吧，妈妈，你别哭，泪光照亮不了，我们的路，让我们自己慢慢地走。妈妈，我会记住你和爸爸的模样，记住我们的约定，来生一起走！”东方卫视的两位主播眼含热泪念起这首写给孩子的诗，几度悲痛失声。

5月19日下午，央视主播康辉在全国哀悼日的直播中不禁哽咽，回顾震后的点点滴滴，每一张感人肺腑的图片，每一个催人泪下的故事，每一个遇难者被成功解救后激动人心的场景，遭遇大难后幼小的孩子们惶恐无助的眼神……同样在5月14日，当看到被困废墟中的一位幸存者终于获救的画面时，央视女主播海霞感动而泣。5月15日，辽宁电视台女主播金霞讲述灾区一对父母守护受重伤的儿子的感人故事时，泣不成声。另外，我们还经常看到，白岩松、敬一丹、郎永淳等主播在直播中经常哽咽。在海峡对岸也出现了这样的镜头。台湾东森台一位女主播在言及此次地震灾难估计死亡5万人时，难克悲恸之情，几乎落泪。他们都是一直奋战在直播第一线的勇士！

不错，这是一场劫难，这更是一场挑战。山崩地裂，造成了狰狞恐怖的自然断裂，却也呈现了可歌可泣的挚爱真情。在这场没有硝烟的战役中，感人的故事太多，悲凄的故事太多，人们流了太多太多的眼泪。但是，中国人在这次地震中找回了那些曾经以为已经失去的东西。在灾难来临的瞬间，多少人将生的希望让给别人；在生与死的边缘，多少人将死的选择留给自己。这些电视主播们的真情流露，传递了我们中华儿女同样的感受，同时也凝聚了全世界龙的传人的无限力量。

抗震救灾，我们众志成城！

这一刻，我们向遇难的同胞致哀，不仅是悲哀的表达，更是奋起的宣誓，在具有不屈不挠的民族精神的国度里，任何艰难险阻也压不倒伟大的中华民族，在灾害面前我们经受了考验，我们会变得更为坚强。

那三分钟，我们默默祈祷

国务院公告：为表达全国各族人民对四川汶川大地震遇难同胞的深切哀悼，国务院决定，2008年5月19日至21日为全国哀悼日。在此期间，全国和各驻外机构下半旗志哀，停止公共娱乐活动，外交部和我国驻外使领馆设立吊唁簿。5月19日14时28分起，全国人民默哀三分钟，届时汽车、火车、舰船鸣笛，防空警报鸣响。

所有中国人的心脏，在5月19日下午14时28分以完全相同的频率跳动着。汽车的鸣笛声是我们内心共同的呐喊！这短短的三分钟，每一个中国人有生之年都不会忘记，我们所有的伤痛都得到了最好的释放。

三分钟，是为了让我们向四川汶川的死难者致哀；三分钟，是让我们所有的人认真停下来去思考，去感受；三分钟，更是让世人看看，中国人比以往任何时刻都要团结，都要勇敢。

天安门广场，鸣笛结束后，带着哽咽的声音和流下的泪，人们齐声喊道："中国加油！汶川加油！"嘹亮的声音回响在古老京城的上空久久不散。我们的心和灾区人民在一起！我们的心和全中国同胞连在一起！

在北大百年大讲堂广场，上千学生，臂戴白色绢花，集体转向西南方向，低头，默哀三分钟，往日喧嚣的百年学府瞬时宁静。……

同样的时刻，千余名清华师生来到大礼堂前，参加"清华师生沉痛哀悼汶川大地震遇难同胞"活动，为遇难的同胞们默哀三分钟并献上了白菊。伴随着沉痛而充满希望的音乐，5名身着写有"众志成城"的白色T恤的清华学子朗诵了自编的诗歌《众志成城——我们的2008》，表达了对死难者的哀悼之情和与灾区人民合舟共济，共渡难关的决心，最后两段全场齐声朗诵，悲痛而激昂的声音久久回荡。

那一刻漫长而又沉重，在这三分钟，我的朋友，你想到了什么？是否为死难的同胞泪如雨下，是否为我们的国家祝福、加油，抑或是为人生的无常唏嘘不已？

当你垂下头时，你肯定也找到了曾经苦苦求索而不得的答案：中华民族之所以能屹立于世界民族之林五千年，之所以历尽波折、坎坷、浩劫甚至灭顶之

灾而不倒，那是因为：困苦面前，我们万众一心；灾难面前，我们坚韧不屈；在任何艰难困苦面前，我们民族的血管里始终奔涌着无私、团结、友爱、勇敢的血液。她，是一条无声的河，起伏跌荡、千回百转，生生不息、直到永远。……

愿此次震区的亡灵们一路走好！

愿天堂里一样有着人间的美好！

愿震区幸存的灾民们坚强，坚强，再坚强，擦干眼泪，重建家园！

愿震区的孩子，在党和人民的关心关怀下，走出阴影，走出恐惧，重新露出花一样的笑脸，茁壮成长！

愿震区老人们，走进无限好的夕阳，安度晚年！

愿震区的妇女们，个个再现巾帼气概，继续撑起半边天！

默哀三分钟使我们更为坚强。

这一刻，我们向遇难的同胞致哀，不仅是悲哀的表达，更是奋起的宣誓，在具有不屈不挠的民族精神的国度里，

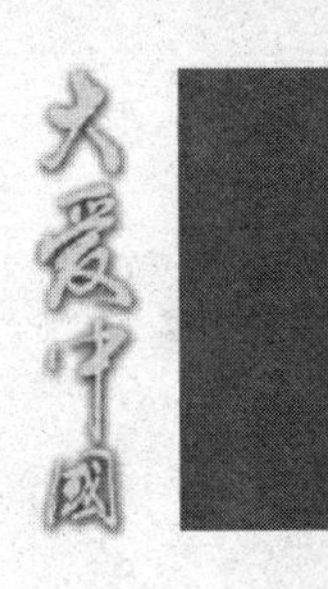

任何艰难险阻也压不倒伟大的中华民族，在灾害面前我们经受了考验，只会变得更为坚强。“我们这个民族几千年来历经艰难困苦，不屈不挠，是在不断同各种灾害和困难做斗争中成长起来的。”

这一刻，将在国家记忆中刻骨永存；这一刻，将在民族呼吸中深沉感应。

默哀，为逝去的同胞；奋发，为他们未竟的梦想。全国哀悼日，是对生命、人权、人本的敬畏，是一个国家给予遇难者最高的礼遇。这是自中华人民共和国成立以来，第一次就大规模自然灾害举行的全国性哀悼活动，也是第一次为在自然灾害死难的普通百姓降半旗志哀。有泪同倾，天坠同擎。这一刻，灾难，让我们走得那么亲、那么近。

生者平安！逝者安息！让我们昂起头，擦干泪，选择坚强，继续前行，与灾区人民同在，为伟大祖国加油！

讲给未来中国人的故事

2008年5月12日，北京时间14时28分，一场特大地震震撼了中国，惊动了世界，也催生了《大爱中国》这本记录这一重大历史时刻的珍藏集。

《大爱中国》记录了从2008年5月12日到2008年5月19日全国哀悼日这段特殊时期，中国人民面对汶川里氏8级特大地震所表现出的坚韧不屈的民族精神和众志成城的强大力量。这种中国精神和中国形象不仅感动了所有中国人，也振奋了所有中国人，并且还深深地影响了世界对中国人的认识。

作为这一重大历史事件的见证者，我们在感慨、在捐款的同时，也在努力寻找表达我们心情的最佳方式，因此，有了《大爱中国》这本书。面对抗震救灾期间每天中央电视台全方位的直播和网络24小时的报道，很多撼人灵魂的画面已经深深植入人们的脑海之中，再出这样一本书的意义何在？我们的答案是，我们要出版一本向未来中国人讲述5 · 12这一重大历史事件的图书，讲述者就是和我们共同见证了这次重大历史事件的所有《大爱中国》的读者。也许今后电视台不会常有汶川大地震的画面，网络页面也将被其他新闻所覆盖，但是相信中国人不会忘记5 · 12这一天，并且还会向未来的中国人讲述这一天。

《大爱中国》的出版不是我们对5 · 12纪念的结束，而是开始，为了纪念5 · 12这个日子，希望通过《大爱中国》，将我们的思念，传达给那些在汶川特大地震期间永远离开我们的兄弟姐妹、父老乡亲和英雄儿女们。

杨曦沦

2008年6月12日

出版说明

本书部分照片通过“PHOTOCOME”获得授权，但还有少部分照片未找到摄影者，如果本人看到请持有效证件与我社总编室联系，我们将支付相应的稿酬。

电话：(010)64443052